KB125543

아내의 손님

이재욱 연작소설

룹탑 불법체류자들 – Illegal migrants of the roof top

아내의 손님

초판 1쇄 발행 2020년 10월 20일

지 은 이 이재욱
발 행 인 권선복
편   집 오동희
디 자 인 오지영
전 자 책 서보미
발 행 처 도서출판 행복에너지
출판등록 제315-2011-000035호
주   소 (07679) 서울특별시 강서구 화곡로 232
전   화 0505-613-6133
팩   스 0303-0799-1560
홈페이지 www.happybook.or.kr
이 메 일 ksbdata@daum.net

값 15,000원
ISBN 979-11-5602-856-7   (03810)

이 책의 제작비 일부는 부천시 문화예술발전기금의 지원을 받았습니다.

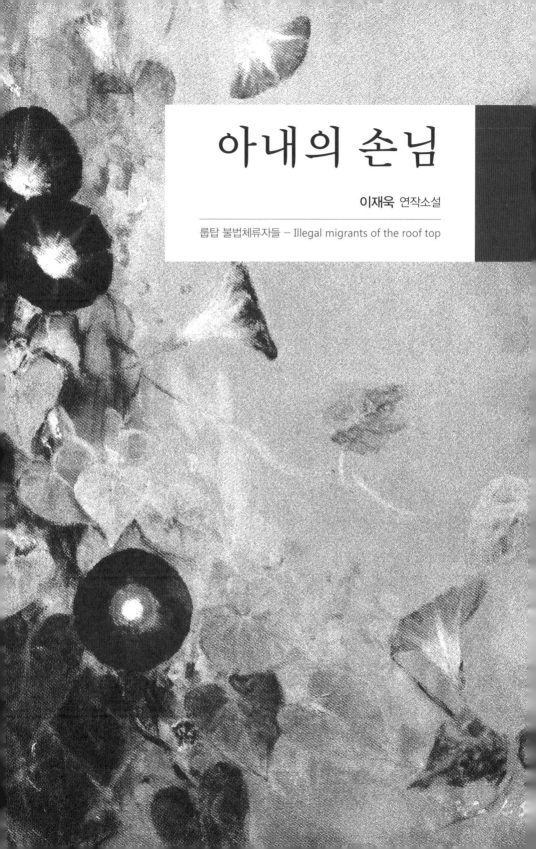

아내의 손님

이재욱 연작소설

룹탑 불법체류자들 – Illegal migrants of the roof top

책머리에

처음으로 외국인 근로자들이 우리나라에 유입되던 시대적 배경을 근간으로 한 연작소설이다. 당시에는 외국인 근로자를 고용한다는 것 자체가 불법이었음에도 불구하고 낯선 나라 먼 이국으로 건너와 불법체류자로 일하겠다는 국제 노동자들이 신기하기만 했고 왠지 모르게 용감할 것 같기도 했다. 이런 모험을 해야 하는 근본적인 이유는 또 뭘까 싶기도 했지만 결국 살기 위한 몸부림이라는 평범한 이유를 그들과 함께 소통하면서 알았다. 사람 산다는 것, 세계 어디를 가도 같은 것일진대 지금처럼 해외여행이 보편화되지 않았던 그때는 그들의 생활이 궁금했고 그들의 문화가 궁금했고 그들의 불법취업 자체가 궁금했다는 게 이 작품을 쓰고 싶었던 동기다.

그들 외국인 근로자들이 작업현장에서 겪는 가장 큰 어려움은 소통이었다.

어렵고 힘들고 더러운 3D작업 조건보다도 원활하지 못한 언어 소통이 가장 큰 문제였다. 위험한 작업현장에서 제대로 알아듣지 못하는 외국인들에게 일을 시켜야 하는 한국인들도 답답하기는 마찬가지였다. 미치고 환장하겠다는 반응이었고 차라리 내가 하고 말지 하면서도 그렇게 그들을 고용할 수밖에 없을 정도로 인력난이 심했던 시절이 그때였다. 초창기 필리핀 근로자들을 선호했던 이유가 그나마 영어단어 한두 마디로도 소통이 가능했기 때문이었다. 지금은 합법적인 절차하에 자국에서 일정 수준의 한국어를 습득한 후에 입국을 허락한다 하니 형편이 많이 나아진 셈이다.

이 작품의 배경으로 등장하는 룹탑Roof top은 부천시 소사동에 실재했고 필자는 이 룹탑 멤버들과 가깝게 지나면서 이들의 이야기를 들어 주고 도움이 필요한 어려움을 해결해 주기도 했다. 그때 이들에게 있었던 실제 이야기들을 근간으로 해 구상한 이야기이고 보면 어쩌면 다큐에 가까운 소설이라고 할 수도 있겠다. 룹탑을 배경으로 한 이들의 사람 살아가는 이야기도 결국 인간은 사회적인 동물이며 살아가는 동안의 모든 이해관계들이 사랑과 미움에 좌우된다는 평범한 진리를 근간으로 한다.

룹탑과 연관된 이미 발표했던 두 편의 연작소설도 함께 게재했다. 전체 등장인물의 혼선이 올까 싶은 염려 때문에 주인공들의 이름은 다시 바꾸어 개작했다. 소제목 "아빠 얼굴 익히기"편은 유네스코문학창의도시 부천시 후원으로 영어로 번역 발간되어 세계 각국으로 보내진다 하며 유네스코문학창의도시 홈 페이지에도 게재돼 있다. 바라건대 아직도 어렵고 힘든 업종의 해외취업 근로자들을 양산하는 다문화시대 국가 독자들에게도 이 소설 전편 모두가 번역돼 읽혀졌으면 하는 꿈같은 희망을 가져 본다.

2020년. 10월. 낙엽 곱게 떨어지던 날.

목차

아 내 의 손 님

초겨울 쌀쌀한 바람이 옷깃을 스쳐 지났다.

도착할 시간이 지났음에도 아직도 나타나지 않는 비센테를 아리엘은 목이 빠져라 기다렸다. 인천공항에 도착하는 시간이 오후 5시라 했으니 입국수속하고 짐 찾는 데 1시간 잡고 버스타고 오는 시간 1시간 잡고 그리고 또 여분의 1시간을 더 주더라도 비센테가 이미 도착했어야 할 8시가 훨씬 지나고 있었다. 아리엘은 굳게 닫쳐진 공장 쪽문을 밀고 빠져나와 골목으로 향했다. 단지를 빽빽하게 메우고 있는 다른 공장 곳곳에서는 아직도 야간작업에 열중인 불빛이 골목을 훤하게 비추고 있었다. 골목을 빠져 큰 길까지 나왔으나 아직도 비센테는 보이지 않았다.

'혹시 길을 잘못 들어 엉뚱한 곳으로 가지나 않았을까?'

불길한 생각이 들었지만 한국체류 거의 10년이 다 되가는 반은 한국 사람인 비센테이고 보면 결코 길을 잘못 들었을 리는 없을 것 같았다. 골목에서 큰길까지 들락날락 몇 번을 되풀이하고 나서야 꺼부죽한 비센테가 캐리어를 끌고 골목으로 나타났다. 초췌한 몰골로 어디서 된통 힘든 일이라도 겪은 저런 꼬라지로 나타나려고 이렇게 늦었나 싶었다.

"비센테!"

아리엘은 고함에 가깝도록 소리쳐 비센테를 불렀다. 겨우 일주일만의 상봉인데도 몇 년 만에 만나는 것처럼 그렇게 반가울 수가 없었다. 비센테의 캐리어를 받아 끌면서 공장 기숙사를 향해 걸었다.

"아버지 장례는 잘 치렀고…?"

"그럼 잘 치렀지…. 그런데 나 없는 동안 내가 맡고 있던 부서 한국친구들이 내 일까지 해야 해서 불평은 않았는지 모르겠네."

"늘 그렇잖아. 잘해도, 못해도, 우리 잘못인 거."

가족의 안부가 무엇보다 궁금한 아리엘이었지만 비센테는 그런 아리엘의 심정을 모르는 것 같았다. 열흘간 비웠던 공장 일만 더 궁금해했다. 또 부대껴야 할 심한 텃세의 한국동료들이 무엇보다 걱정인 모양이었다.

"우리 집은 어땠어?"

"어…. 잘 있어. 모두들…. 아이들도, 자네 아내도. 별일 없어. 그냥 그대로야."

"다행이네. 고마워."

눈치 빠른 아리엘은 비센테의 대답이 시원치 않음을 직감했다. 걱정 말라고 해야 하는 비센테의 대답이 그냥 사무적이라는 데서 아리엘의 궁금증은 깊이를 더했다. 공장 기숙사에 도착한 비센테가 짐을 다 풀고 나서야 아리엘은 다시 비센테에게 물었다.

"우리 집 애들 공부는 잘한다고 그래?"

아리엘을 돌아보던 비센테의 표정이 살짝 굳어지는 것 같았다.

"잘 있어. 애들은 천재래. 공부를 너무 잘해서 문제라더군."

"그래? 다행이네."

그리고 다시 잠깐의 침묵이 흘렀다.

"그런데….."

다시 말을 꺼내던 비센테가 말끝을 흐렸다. 짐 정리에 열중하는 시늉으로 다시 한참을 침묵으로 일관했다.

"그런데…? 그리고는 뭐야?"

아리엘은 그냥 기다리고만 있을 수가 없었다. 저렇게 뜸들이고 있는 것만으로도 분명 좋지 않은 소식이 틀림없다 싶었다. 가슴이 조여 오는 것 같았다.

"아리엘 너 이제 그만 돌아가야겠어. 가족들이 너무 보고 싶어 해. 특히 네 아내가….."

"응…? 응, …그럴 테지….."

또 한참 뜸을 들이던 비센테가 작은 목소리로 속삭였다.

"…화내지 마. …아리엘, 전에 룹탑에서 들었던 네 아내에게 남자가 생겼다는 루머…. 맞나 봐."

"……?"

"동네가 거의가 다 아는 소문이라는 거야."

"……."

"이런 판국에 돈이 무슨 소용이겠냐? 돌아가야 할 때야…. 돌아가."

아리엘은 그냥 멍하니 서 있기만 했다. 어느 정도 각오하지 못한 바는 아니었지만 그래도 견디지 못할 참담함에 다시 온몸이 와르르 무너졌다. 조용히 침대로 돌아가 슬그머니 누웠다. 더 이상 어떤 이야기를 해야 할지 모를 비센테는 정리해 둔 짐을 다시 매만졌다.

"그럴 만도 하지. 아내도…. 사람이니까."

침대에 누워 천장만 바라보던 아리엘이 혼잣말처럼 중얼거렸다.

*****

아리엘과 비센테는 같은 마을 이웃에 살았다. 같은 초등학교를 다녔고 같은 고등학교를 졸업했다. 고등학교를 졸업한 비센테는 바로 사회에 진출했으나 가정형편이 좀 나았던 아리엘은 대학을 졸업했고 몇 년 뒤 모교인 초등학교 교사로 부임했다. 결혼은 비센테가 먼저 했지만 일 년도 채 지나지 않아서 이혼하고 말았다. 그때까지도 아이를 갖지 못한 비센테와 그의 아내는 아이가 없다는 데서 더 홀가분하게 헤어졌다. 비센테가 술을 많이 마시고 성실하지 못하다는 것이 표면적인 이유였지만 꼭 그것만은 아닐 것이라고 주위사람들은 수근거렸다. 교사로 부임한 아리엘은 새로 부임한 동료 여교사와 짧은 연애 끝에 결혼했고 착실하게 가정을 꾸렸다. 일정한 직업에 적응하지 못한 비센테만 끊임없이 방황했다. 아리엘은 첫딸을 얻었고 비센테는 계속 허랑방탕세월만 보냈다. 일하고 싶어도 일할 직장이 없다는 데서 비센테는 더 방황했다.

소문에 한국에 가면 큰돈을 벌 수 있다고 했다. 제대로 일이 풀리지 않던 비센테는 한국행을 결심했다. 합법적인 것도 아니었다. 관광비자로 입국해서 브로커가 알선해 주는 공장으로 가 일하면 된다는 위험한 과정이었다. 하지만 비센테는 더 이상 방황할 수가 없다고 생각했다. 귀띔해 준 브로커와 접촉하기 시작했다. 어쩌다가 비센테와 자리를 같이한 아리엘이 브로커의 꼬임에 솔깃해했다. 브로커가 요구하는 꽤 많은 돈은 이미 준비돼 있는 아리엘이었다. 딸 하나 아들 하나 연년생으로 아이가 둘이나 태어났지만 부부가 함께 착실하게 돈을 모아 온 탓에 제법 많은 적금이 쌓여 있었다. 돈은 문제가 아닌데 아내가 동의해 줄 것인가가 문제였다.

"한국에 가면 한 달 월급이 여기 열 달 월급이랑 맞먹는다는데…. 나도 비센테랑 한국에 갈까?"

아내에게 넌지시 이야기를 꺼냈던 아리엘은 욕만 바가지로 먹었다.

"이혼하고 가."

단호한 아내의 태도에도 아리엘은 쉽게 코리안 드림을 포기하지 못했다. 속으로 끙끙 앓기만 했다. 비센테는 빚을 내기로 했다. 아버지가 빚 보증을 서 주기로 해서 그나마 다행이었다. 비센테가 한국행을 진행하고 있는 동안 갑자기 아리엘이 동참을 요구했다.

'몇 년 동안 벌어서 집도 사고 토지도 좀 사고 아이들도 대도시로 유학 보내고….'

마음이 변했다고 했다. 아내가 동의해 주지 않았지만 아내도 많은 돈을 보내 주면 자신을 이해해 줄 거라고 했다. 수속이랄 것도 없는 것이지만 여권을 만들고 비행기 표를 사고 한국에 도착한 후의 일정과 행동요령 등을 듣고 익히는 동안 아리엘의 부부싸움은 멈추지 않았다. 아내는 둘이서 함께 받는 월급으로도 밥은 먹고 살 수 있는 것이니 결코 한국에 가지 말라는 것이었고 아리엘은 한국에 다녀옴으로써 보다 풍요한 삶을 살 수 있는 만큼 기어코 한국으로 가야겠다는 것이었다.

"나, 또 아기 가졌어."

아내가 최후의 일격을 가해 왔지만 아리엘은 자신을 가지 못하게 하는 협박으로만 믿었다. 나중에 한국에서 딸아이를 낳았다는 소식을 듣고 나서야 협박이 아닌 사실이었음을 알았다. 하지만 아리엘에게는 그게 사실이라 하더라도 결코 한국행을 포기하지 않았을 것이었다. 마음은 이미 코리안 드림으로 하늘 끝까지 치솟아 있는 터라 아내의 반대는 안중에도 없었다. 결국 아리엘은 주위사람들 모두가 그 좋다는 교사라는 직업을 포기하고 사표를 쓰고 말았다.

한국행은 모험이었지만 아리엘과 비센테는 둘이 함께라는 것만으로도 서로 의지가 됐다. 한국에 도착한 첫날은 예약된 호텔에서 하룻밤을 보냈다. 그렇게 좋은 호텔에서 잠을 자 보기는 처음이었다. 훗날 아침 어떤 한국인이 나타났고 이태원의 허름한 여관으로 자리를 옮겼다. 기다리다 보면 일꾼이 필요한 공장의 사장들이 찾아와 데려갈 것이라고 했다. 비센테와 아리엘은 함께 행동하기로 약속했다. 한 명만 필요하다는 곳은 사양하기로 했다. 둘이 함께 갈 수 있는 곳이라야 한다는 조건을 내걸었다. 두 명이 필요하다는 공장사장이 나타난 것은 일주일이 지난 뒤였다. 차를 타고 한 시간 이상을 달려가서 내린 곳이 플라스틱 압출공장이었다. 공장 한 귀퉁이에 딸린 방 하나 부엌 하나의 기숙사라는 곳에 짐을 풀었고 하룻밤을 자고 난 다음 날 아침부터 일을 시작했다.

문제는 일이 아니고 언어였다. 전혀 의사소통이 이루어지지 않아 그냥 멀거니 지켜보기만 했다. 공장장이라는 사람이 바디랭귀지로 일을 시키기 시작했다. 그렇게 시켜 준 일만 끝나면 또 아리엘도 비센테도 그냥 멀건이 서 있어야 했다. 공장장이 속 터져 죽겠다는 표정이었지만 어쩔 수가 없었다. 계속 연속적으로 할 수 있는 일을 시켜 주었으면 좋겠는데 그런 것들은 약간의 숙련을 요하는 공정이라 쉽게 맡겨 주지 않았다. 허드렛일만 해야 하는데 그 허드렛일마저 두서가 없어 우왕좌왕했다. 어느 정도 눈치로 일을 도와주기 시작한 것은 그로부터도 두어 달이 지나서 였다. 바디랭귀지로도 의사 전달이 됐고 조금씩 잘했다고 칭찬을 들을 때도 있었다.

고국에 있는 가족들에게 소식을 전하고 싶었지만 쉽지 않았다. 편지를 썼다. 안전하게 한국에 도착했고 좋은 직장에서 일하게 됐다는 소식부터 전했다. 구구절절 아내를 사랑한다고 했고 아이들을 보고 싶어 미치겠다고 했다. 하지만 이 모든 것을 참고 이겨 내며 돈 많이 벌어 아내와 아이들 행복하게 해 줄 거니까 조금만 기다려 달라고 했다.

공장 내 기숙사에서 숙식을 해결했다. 외출은 절대불가라고 했다. 어쩌다 단속에 걸리는 날이면 즉시 귀국 조치된다는 것이어서 정말로 외출은 하지 않았다. 가까운 골목 끝 작은 구멍가게에도 가지 못하게 했다. 외국인 불법체류자가 일하고 있다는 소문이 나기 때문이라는 것이었다. 심지어 정문 쪽 사람들의 왕래가 잦은 근처에서도 서성거리지 말라고 했다. 사람들의 눈에 띄지 말라는 것이었다. 큰 죄를 짓고 감옥에 갇혀 있는 것이나 다를 바 없었다. 너무하다 싶었지만 어쩔 수 없었다. 다른 나라에 불법취업자로 다녀온 친구들의 이야기와는 판이하게 달랐지만 이게 이곳의 현실이라고 했다. 치약 세숫비누마저도 공장 한국동료들을 시켜 사다 달라고 하라 했다. 어두운 밤에만 살짝 골목을 한 바퀴씩 돌아 봤다.

그날은 토요일이었고 이슥한 밤이었다. 골목 끝 구멍가게까지 걸어가 오랜만에 세상구경을 하고 있었다. 때마침 구멍가게에서 두 명의 외국인이 뭔가를 잔뜩 사 가지고 나오고 있었다. 그들이 외국인이라는 것을 금방 알아챌 수 있었던 것은 아리엘이나 비센테처럼 피부색이 가무잡잡했기 때문이었다. 그들과 눈길이 마주쳤지만 서로 모른 체했다. 그들이 구멍가게를 나와 두어 발자국 걸어가며 그들끼리 주고받는 이야기를 들으며 아리엘은 귀를 쫑긋했다. 속삭이듯 주고받는 작은 목소리임에도 너무도 반가운 낯익은 말이어서였다. 아리엘은 서둘러 그들을 쫓아갔다.

"실례지만 필리핀 사람입니까?"

돌아서는 두 사람의 얼굴도 활짝 밝아졌다.

"그렇습니다. 어쩐지 싶더라니…. 역시 맞군요."

아리엘과 비센테는 그들을 따라 걸었다. 가까운 곳의 5층 건물이었고 건물 꼭대기 룹탑에는 꽤나 많은 필리핀 친구들이 모여 있었다. 인사를 나누고 적당한 자리에 앉았다. 떠들썩한 모국어만으로도 흡사 고향에 온 것처럼 푸근했다. 실로 오랜만에 말이 통하는 사람들, 이야기가 통하는 사람들을 접할 수 있어 가슴이 확 트이는 것 같았다. 그 많은 사람들 모두가 합법적인 체류자가 아니라는 데서 깜짝 놀랐다. 그럼에도 불구하고 자유 분방하게 이곳저곳을 돌아다닌다는 것에 또 한 번 더 놀랐다.

"단속에 걸리고 안 걸리고는 운명이야."

"동물원에 갇혀 있는 동물이냐? 문밖출입을 못하게…."

"매주 토요일 일요일은 거의 여기서 만나. 우리들은…. 서로 고향 소식도 듣고 좋은 소식은 서로 나누고…."

그날부터 아리엘과 비센테는 주말마다 룹탑으로 나들이를 갔고 그런 소식을 접한 공장 사장님도 그 정도는 이해한다고 해서 다행이었다.

아리엘도 비센테도 룹탑은 없어서는 안 될 소중한 장소였다. 고향소식을 접할 수 있는 곳일 뿐만 아니라 모든 정보를 입수할 수 있는 곳이어서 더욱 그랬다. 실속 있는 정보는 없다 해도 참고해야 할 정보는 쏟아졌다. 첫 월급을 받았다. 한국 돈이었고 현금이었다. 필리핀으로 송금하는 건 알아서 하라고 했다. 일단은 기숙사방 가지고 온 캐리어 가방에 넣고 단단히 잠가 두었다. 두 번째 달 월급도 또 캐리어 가방에 넣고 잠갔다. 필리핀으로 송금을 해야 하는데 방법이 없었다. 토요일 저녁 룹탑에 가면 무슨 수가 있을 것 같아 룹탑으로 향했다.

"두 가지 방법이 있어."

좀 어렵기는 하지만 방법은 얼마든지 있다고 했다.

"하나는 회사나 잘 알고 있는 한국 지인을 통해 그의 이름으로 송금하는 것, 그리고 또 하나는 두어 달에 한 번씩 나타나는 필리핀을 오가는 보따리장수를 통해서야."

한국 돈 현금은 암달러상을 통해 달러로 바꾸면 된다고 했다. 암달러상이 있는 곳은 제법 많다며 소개해 줄 수도 있다고 했다.

심지어 룹탑을 한 번씩 찾아오는 암달러상도 있다고 했다. 달러로 바꿔지면 보따리상이 나선다고 했다. 필리핀 생활필수품을 사다가 룹탑 같은 곳을 돌며 판매하는 보따리상이지만 달러를 전달해 주는 전형적인 브로커라는 게 더 정확한 표현이라고 했다. 필리핀을 오가며 원하는 고향집 소식을 전해주고 이쪽 소식을 전달하는 구세주처럼 떠받들어지는 아주머니라고도 했다. 남편이 살고 있는 집과 주소를 알려 주는 것이 그 아주머니의 자랑스러운 신용담보라고 하며 아직 한 번도 배달사고가 일어난 적이 없는 신용이 꽤 괜찮은 아주머니라는 것이었다. 아리엘은 비센테와 함께 세 달치 월급을 모아 달러로 바꾸어서 그 브로커 아주머니를 통해서 송금했다. 송금 수수료가 쪼금 비싸다는 느낌이었지만 그나마 송금자체를 할 수 없기보다는 천만다행이었다. 아리엘은 아내가 써 주는 답장으로 영수증을 대신해 달라고 했다.

브로커 아주머니가 전해 준 답장을 받아 읽고 아리엘은 또 눈물이 왈칵 솟도록 아내가 그리웠다. 작게 벌어 작게 먹고 살자는 아내의 구구절절 애절한 하소연에 가슴이 찢어졌다. 아내도 아내지만 그리움이 진하게 배어 있는 아이들이 너무도 보고 싶어 정말로 견디기 힘들었다. 사진으로만 봐 온 막내딸을 생각하면 죄스러운 마음에 몸 둘 바를 몰랐다. 떠날 때의 굳은 각오가 막내딸만 떠오르면 희미해져 갔다. 돌아가고 싶었다. 한국으로 떠나기 위해 마련한 만큼의 돈이 모아지면 돌아갈까 싶기도 했다. 아내와 아이들과 함께 뛰놀던 꿈에서 깨어난 한밤중에는 비센테 몰래 훌쩍이며 울기까지 했다. 그러나 아침이면 다시 마음을 다잡고 일터로 나갔다. 한국 동료들이 텃세를 부렸지만 어쩔 수 없었다. 자기들이 할 수 있는 일임에도 아리엘이나 비센테를 불렀다. 조금만 힘들고 더러운 일이라면 더욱 그랬다. 벨이 꼴린다고 덤비다가는 그날로 쫓겨날지도 몰랐다. 한두 번도 아니고 일상이 돼 버렸지만 그때마다 그러려니 했다. 아무런 잘못도 없이 이유도 없는 욕을 먹기도 했다.

"코리아나잖아! 참아, 참을 수밖에 없잖아?"

억울하게 욕먹을 때면 비센테가 위로해 주었고 비센테 역시 아리엘을 다독였다. 그 많은 스트레스는 참아야 한다는 이성으로 감당하며 풀어내야 했다.

출근하자마자 분위기가 썰렁했다. 갑자기 닥친 'IMF' 때문이라며 주문이 줄면 인력을 감축해야 하는데 그 우선순위가 아리엘과 비센테라고 했다. 한국인 동료들이 아리엘과 비센테를 번갈아 보며 가엽다는 눈초리를 보냈다.

"안 되는데…, 아직 빚도 다 갚지 못했는데…."

비센테가 혼잣말로 중얼거렸다. 아리엘도 가슴이 철렁 내려앉았다.

"여기서 짤리면 다른 공장 알아보면 돼. 걱정하지 마. 룸탑에 가서 상의하면 어떻게 잘될 수도 있어."

한국 동료들과 심한 갈등이 있을 때마다 다른 공장으로 옮겨 갈까를 고민하던 비센테이고 보면 그다운 생각이기는 했다. 하지만 지금 많은 공장들이 문 닫아야 할 상황으로 변하고 있다는데 거기까지는 생각하지 못한 모양이었다. 설령 피치 못할 사정으로 공장을 옮긴다 해도 새로운 공장에 가면 새로운 사람들과 새로운 일을 시작하며 받아야 할 냉대와 푸대접을 또 겪어야 한다는 생각에 아리엘은 아예 생각을 접고 있던 터였다. 가슴만 답답했다.

공장장이 아직 아무것도 정해진 것이 없다며 아리엘과 비센테를 위로해 주었다. 사장님은 오후 늦게 퇴근 무렵에 나타났다. 전 직원을 불러 모아 놓고 뭔가를 열심히 설명했지만 아리엘도 비센테도 알아듣지 못했다. 마지막으로 아리엘과 비센테를 따로 불렀다. 올 것이 오는구나 싶은 아리엘은 바짝 긴장했다.

"걱정들 하지 말아요. 내가 열심히 뛸 거요."

"……."

"어려워지면 어려워지는 대로 견딜 겁니다. 불법체류자들인 당신들의 처지를 누구보다도 잘 알고 있어요. 회사 문 닫기 전까지는 함께 갈 겁니다. 그리고 우리 정부에서 합법적으로 외국인 근로자를 데려올 수 있도록 법을 만들고 있는 중이라니 두 분에게도 좋은 소식이 아닐 수 없네요. 힘냅시다. 우리 회사 쉽게 쓰러질 회사 아닙니다. 알겠지요?"

어설픈 영어지만 이해는 갔다. 아리엘은 비로소 얼굴이 활짝 폈다.

사장님이 열심히 뛰어다닌 덕일까? 회사는 'IMF'가 뭔지도 모르게 더욱 번창했다. 룹탑에 가면 직장 잃은 많은 친구들이 울상을 하고 있었지만 아리엘도 비센테도 그런 걱정하지 않아서 정말 다행이었다. 몇몇 직장 잃은 친구들이 기숙사에서 쫓겨나와 하늘이 보이는 룹탑 평상에서 지냈다. 나중에는 룹탑에 모이는 친구들이 십시일반 돈을 모아 룹탑 평상에 텐트도 쳤다. 오갈 데 없는 외국인 실업자들을 불쌍하게 여긴 건물 주인이 깨끗하게 사용하라며 눈감아 주었다. 다른 회사로 옮길까 하던 비센테도 아예 생각을 접었다.

그렇게 또 일 년이 흘렀다. 운이 좋아서랄까 한 번도 월급이 밀려 본 적도 없었다. 어떤 친구들은 석 달째 월급도 못 받고 일하는 중이라 했고 어떤 친구는 아예 두 달 치 월급을 떼이고 회사를 그만두었다고도 했다. 불법체류자여서 신고도 할 수 없다고 했다. 브로커 아주머니를 통하지 않고 송금도 할 수 있었다. 사장님이 회사 동료들의 이름을 빌어 은행을 통해 송금해 주었다. 이런 훌륭한 분이어서 하느님이 아예 'IMF'를 모르고 지나가게 해 주었나보다 싶었다.

날씨가 따뜻한 봄날이었다. 출입국관리사무소에서 불법취업자 일제 신고를 받는다고 했다. 자진신고를 하는 자들에게는 1년의 체류기간을 합법적으로 보장해 준다 했다. 단 1년이 지나면 모두 자진 출국해야 한다는 것이었다. 사장님이 의사를 물어 와 신고하기로 했다. 인천 출입국관리사무소에서 신고를 마쳤고 오랜만의 외출을 사장님이 아주 거한 점심으로 축하해 주었다. 사장님은 1년 후에는 또 그때 가서 생각해 보자고 했다. 한국동료들과 비교해도 별 손색이 없을 만큼 일을 잘한다는 칭찬이 너무 좋았다. 합법적인 근로자로 변한 그 1년 동안 아리엘과 비센테는 주말마다 외출을 했다. 서울 고궁 구경도 하고 남산공원이며 남대문 시장도 구경했다. 필리핀 산골짝에서 자란 아리엘과 비센테는 실로 별천지를 경험하는 것 같았다. 남대문 시장에서 아주 좋은 여자속옷을 사다가 아내에게 보냈다. 아이들 옷도 사고 아내의 외출용 자켓도 사서 보냈다.

처음 일 년은 긴장해서 다음 일 년은 일 배우느라고 또 그다음 해는 한국이라는 나라의 너무 좋은 환경에 반해서 세월 가는 줄도 모르게 보냈다. 한 해 한 해가 빨리도 지나갔다. 그동안 아내로부터 빨리 돌아오라는 편지를 몇 번이나 받았지만 그때마다 조금만 더 기다려 달라고 통사정을 했다. 나 하나 희생해서 우리 가족들 편안하게 해 줄 거라는 각오만 다지고 또 다졌다. 비센테는 합법적인 체류기간이 끝나 가는 그다음 해 봄 귀국을 결정했다. 이렇게 귀국하는 자들에게는 귀국한 지 일 년이 지나면 다시 한국 입국을 허락해 준다는 조건 때문이었다. 비센테는 숨어 지내는 생활이 싫어 1년쯤 쉬다가 합법적으로 다시 돌아오고 싶다는 것이었다. 아리엘은 심사숙고 끝에 귀국하지 않기로 했다. 가면 다시는 돌아오지 못할 거란 뻔한 상황 때문이었다. 이왕 고생하는 김에 큰딸 대학 졸업하기까지는, 그러니까 최소한

10년은 한국에서 숨어 지내기로 했다. 사장님하고는 불법취업자로 체포되더라도 전적으로 아리엘 자신이 책임지겠다고 각서로 약속했다. 불법체류자인 자신을 해고할까 걱정이던 아리엘은 스스로 각서를 써 사장님께 제출했다.

"이제는 숙련공이니까 각서는 잊어버리고 일만 열심히 해 주면 돼. 일이 생기면 어차피 내 책임이야."

사장님이 어깨를 토닥여 주었다. 어쩌다 우연히 만난 인연이지만 가볍게 생각하지 않는다는 사장님의 진심이 느껴졌다.

귀국하는 비센테 편에 바리바리 아내의 선물을 싸서 보냈다. 선물을 받은 아내가 바로 회답을 보내왔다. 어떤 선물보다도 남편 아리엘이 돌아오는 것만큼은 반갑지 않다는 것이었고 당신 보내 준 돈 모아 제법 큰 망고농장을 샀다며 이 농장을 운영하는 것만으로도 우리 가족 먹고사는 데 지장 없으니 제발 빨리 돌아왔으면 좋겠다는 내용이었다. 밤마다 당신 그리워 잠 못 이루며 사는 이게 무슨 인생이냐는 푸념도 잔뜩 늘어놓았다. 추신으로 당신 빨리 돌아오지 않으면 다른 남자 사귈 거라는 협박도 한 줄 더했다. 가슴이 덜컥 내려앉았다. 하지만 아리엘은 모든 것을 다 이해한다며 나 하나 이 세상에 없는 셈 치라는 회답을 보냈다.

룹탑에서 고향 이웃마을에 살고 있다는 사람을 만났다. 한국에 도착한 지는 아직 채 1년도 되지 않는다고 했다. 세상 참 좁다 더니 떠나온 그 먼 고향나라 이웃사람을 이런 곳에서 만나다니 정말로 세상이 좁기는 좁다 싶었다. 뭐 이런 우연도 있나 싶어 혼자 피식 웃음도 나왔다. 누구누구 아느냐며 이사람 저사람 주워대다 보니 아리엘이 근무하던 학교 선생님 친구도 있었다. 너무도 반가운 나머지 아내의 이름을 대 주었다. 그 친구는 정말로 그 여선생님이 당신의 아내가 맞느냐며 깜짝 놀랐다. 몇 번인가 아리엘의 아내가 맞느냐고 확인을 하던 그 친구는 놀랍다는 것 말고도 슬그머니 걱정스럽다는 표정으로 변했다.

"우리 집 제 아내 잘 있나요?"

아리엘이 더욱 반갑다면서 그 친구의 손을 덥석 잡았다.

"아니 그렇게 썩 잘 아는 사이는 아니고 소리 소문 정도는 듣고 있었지요."

"어떤 소문인지…?"

"…열심히 학생들 가르치는… 훌륭한 선생님이라는 정도죠."

말꼬리를 흐리던 그 친구는 더 이상 아내에 관한 이야기는 모른다며 시침을 뚝 뗐다. 아내가 같은 학교 남자선생님과 눈이 맞았다는 청천벽력 같은 소리를 들었던 날은 그러고도 몇 달 뒤였다. 룹탑 친구들 사이에서는 이미 쉬쉬하는 아리엘만 모르는 비밀이었다. 아무래도 아리엘 당신이 먼저 알아야 할 이야기인데 늦게 전해 줘서 미안하다고도 했다. 고향 이웃마을 그 친구는 도저히 직접 이야기해 줄 자신이 없어 차일피일 미루다 보니 이렇게 늦었다며 정말로 미안하다고 거듭 사과했다. 미안해할 일이 아니라고 대답하는 아리엘의 눈에서 굵은 눈물방울이 뚝 뚝 떨어졌다.

"아닐 거야. 소문일 뿐일 거야."

마침 함께 자리에 있던 비센테가 강력하게 부정하며 아리엘을 위로했다.

"넓적다리 보고 뭐 봤다는 그런 말 있잖아. 그런 이야기일 거야. 같이 근무하는 선생님이라서 힘든 일 거들어 줄 수도 있는데 그런 거 보고 오해했을 수도 있잖아. 그런 일이 부풀려졌을 게 틀림없어. 걱정하지 마."

아리엘은 하늘이 무너지는 것 같았다. 언젠가 다른 사람 사귈 거라던 편지의 추신 구절이 머리를 확 스쳐 지났다. 왠지도 모르게 그 문구가 늘 머리를 맴돌며 께름칙하더니만 결국 사단이 난 것일까. 강한 부정으로 위로하는 비센테의 이야기가 귓등으로 들렸다. 더 이상 아무런 이야기도 귀에 들어오지 않았다. 다리가 후들거리고 온몸이 나른해져서 견딜 수가 없었다. 몸이 좀 안 좋다는 핑계를 대고 급히 공장 기숙사로 돌아왔다.

'설마설마 했는데… 그렇게도 믿고 떠났는데… 나 혼자 잘 살자고 하는 것도 아닌데…. 이렇게 힘들게 사는 줄은 알기나 하는 걸까?'

가슴이 답답해지고 호흡이 고르지 못한 것 같았다. 숨이 멎을 것처럼 가슴이 답답해 견디기 힘들어지자 자리에서 벌떡 일어났다. 방바닥을 펄쩍펄쩍 뛰며 심호흡을 시도했다. 그러나 이내 다리에 힘이 풀린 아리엘은 풀썩 바닥에 쓰러지고 말았다.

'안 되는데…. 안 되는데…. 이러다가 죽는 게 아닐까? 죽으면 안 되는데….'

한참을 그렇게 죽은 듯이 누워 있던 아리엘은 조금씩 호흡이 정상으로 돌아왔다.

'루머야, 소문이라잖아.'

애써 스스로를 위로했지만 그날 밤은 한숨도 자지 못한 채 하얗게 뜬눈으로 지새웠다.

아무것도 변하지 않았다고 믿기로 했다. 아무것도 변한 게 없다고 생각하기로 했다. 아리엘은 아무렇지도 않다는 듯 평소와 조금도 다름없이 행동했다. 비센테 역시 더 이상 그 일에 관한 어떤 이야기도 하지 않았다. 룹탑 친구들 모두가 다 그렇게 입을 다물었다. 아내는 여전히 편지를 보내왔고 아이들은 당신이 보내 준 돈으로 마닐라로 유학을 보낸다고 했다. 속 썩이는 일 전혀 없이 공부도 잘하는 아이들이어서 전혀 걱정할 일이 아니라고 했다. 빨리 돌아오라던 이야기가 쑥 들어간 게 소문이 사실이어서일까 싶어 늘 가슴이 조마조마했지만 내색은 하지 않았다. 갑자기 밥맛이 없다 싶더니 식욕이 급감했다. 몸무게가 확 줄었다. 사장님마저 어디 아픈 거 아니냐고 물어 왔지만 아리엘은 식욕부진에서 오는 후유증이라며 곧 괜찮아질 거라고 했다.

'홀로 지내는 밤이 그렇게 견디기 힘든 것일까?'

생리현상의 욕구를 해결하기 힘들 거라는 것쯤은 이해가

갔다. 그러나 아리엘 자신은 견뎌 내고 있지 않는가. 룹탑 친구들 몇 명이 옐로우하우스를 가자고 했었다. 눈치 보며 무시당하며 힘들여 번 돈인데 어쩌다가는 자신을 위해 쓸 수도 있어야 한다는 논리였다. 다녀온 친구들이 무슨 무용담처럼 자랑을 늘어놓기도 했다. 친구들은 아리엘을 바보 취급했지만 아리엘은 오히려 그런 친구들을 경멸했다. 자위행위로도 얼마든지 해결할 수 있는 문제라는 것이 아리엘의 생각이었고 친구들은 그런 아리엘을 괴이한 바보로 취급했다.

'난 꿈이 있어. 작은 건물 하나는 꼭 장만하고 말 거야. 밥만 먹고 살려면 그냥 선생님이나 하고 살았지 여기 이 고생하려 한국에 온 건 아니야.'

이런 꿈을 이해해 주지 못하는 아내가 야속하기만 했다. 답답한 가슴만 타들어 갔다. 세월이 약이라더니 시간이 가면서 홍역처럼 앓고 지내던 답답하던 가슴이 조금씩 풀어지기 시작했다. 밥맛도 돌아왔다. 아주 거뜬해진 것은 아니지만 금방 쓰러질 것처럼 견디기 힘든 시간은 아니었다. 그래도 늘 머릿속을 맴돌고 있는 아내의 외도소문은 좀체 사라지지 않았다. 아내에게 길고 긴 편지를 썼다. 비로소 생에 작은 빌딩 하나라도 장만하려 한다는 자신의 꿈을 밝혀 보냈다. 그런데 아내는 빌딩보다도 소박하게 함께 살아가는 행복한 삶이 꿈이었는데 그 꿈도 소용이 없는 모양이라고 했다. 아리엘은 소문의 진위여부를 떠나 꼭꼭 회답을 써 보내오는 아내가 고맙다고 생각하기로 했다.

*****

　비센테 아버지가 오랜 지병 끝에 돌아가셨다고 했다. 합법적인 체류자인 비센테는 휴가가 가능했고 열흘간의 휴가를 얻어 필리핀으로 떠났다. 하지만 불법체류자인 아리엘에게 귀국휴가는 그 말만도 사치였다. 실로 넘보지 못할 커다란 그림의 떡이었다. 근래 몇 년 사이 외국인 근로자들에 대해 한국정부의 많은 변화가 있었다. 아리엘이 처음 한국으로 올 때와는 판이하게 달랐다. 그때는 무조건 불법 체류를 전제로 해야 했다. 관광비자로 입국해서 잠적해 일하는 것이 한국 체류의 정석이었다. 관광비자를 받는다는 것도 하늘의 별 따기라서 브로커들이 부르는 수수료는 천정부지의 고액이었다. 그 많은 돈을 빚을 내야만 했고 한국에 와서 일 년 이상 돈 벌어 송금하지 못하고 잡혀 귀국한다 치면 덩그마니 빚만 지고 폭삭 망하는 신세가 됐다. 그런데 그 몇 년 사이 일손이 부족한 한국정부가 많은 새로운 제도를 만들었다. 이렇게 몇 년이 또 흐르다 보면 어쩌면 아리엘만 불법체류자로 남아 있을지도 모른다 싶었다.

　"우리 집 아내에게 안부 전해 주고 조금만 더 참아 주면 내 곧 돌아간다고 해 줘. 많이 미안하다고도….”

　"알았어. 빌딩하나 살 돈 들고 귀국할 거라고 조금만 더 기다려 달라더라고 할게.”

　그런 비센테가 돌아오기를 기다리는 그 열흘 동안이 1년처럼

길기만 했었다. 하지만 그렇게도 기다리던 비센테가 돌아와서 전
해 준 소식은 절망뿐이었다. 짐작하기로는 생각보다 훨씬 더 심
각한 문제라는 느낌이 들었다.

'처음 듣는 이야기도 아니고….'

'어느 정도 잊고 살 만했는데….'

아내의 외도소문을 룸탑에서 처음 들었던 그때보다는 약했지
만 가슴이 저려 오는 건 매한가지였다. 어떻게든 마음의 정리는
해야겠다고 하면서도 늘 벼르기만 했지 뾰족한 결론은 떠오르지
않았다. 오늘은 이별을 선언했다가 내일은 다시 아내를 홀로 두
고 온 자신이 잘못이라는 생각이 들고는 했다. 자신도 아내와 똑
같은 생리적인 욕구에 시달리지만 잘 이겨 내고 있지 않느냐는
자문자답도 했다.

'견디고자 하면 얼마든지 견딜 수 있는 일인데….'

주야 교대작업을 해야 하는 작업패턴대로 그날은 야간작업을
마치고 하루 종일 잠을 자는 중이었다. 햇빛 가리개로 쓰는 검은
커튼을 내린 채 깊은 잠에 빠져 있었다. 전기온돌을 따뜻하게 해
두고 자리에 들어서인지 아주 곤하게 잠들었다.

"잠깐 일어나 봐."

비센테가 곤한 잠을 깨웠다. 웬만한 급한 일이 아니라면 조금
더 자게 두고 싶어 억지로 눈을 비비며 일어났다. 우락부락한 덩
치가 큰 몸매의 한국남자가 비센테 뒤에 서 있었다.

"출입국관리사무소 단속반입니다. 여권 좀 보여 주시겠습니까?"

'뭐라고…?'

무슨 말인지 잘 이해되지 않았으나 불길한 예감이 머리를 스쳐 지났다. 잠이 확 달아났다. 부스스 일어나 주위를 살폈다. 열려진 방문 밖에 또 다른 덩치의 한 남자가 서 있었다. 주섬주섬 여권을 찾아 보여 주었다. 여권을 받아 살피던 사내가 여권을 자기 호주머니에 넣으면서 경계자세로 돌변했다.

"당신을 불법체류자로 보호 조치합니다. 옷 입고 일어나세요."

어안이 벙벙했다. 이런 경우 재빨리 도망해야 한다는 이야기를 귀가 닳도록 들었는데 도망할 틈이 보이질 않았다. 문 앞을 가로막고 있는 덩치 큰 남자 그리고 문밖에 서 있는 또 다른 덩치 큰 남자 하나가 아리엘의 일거수일투족을 샅샅이 살펴보고 있었다. 아리엘은 천천히 자리에서 일어났다.

"당신이 이 친구 짐 정리해서 보내 주시오."

비센테를 보고 한마디 한 사내는 아리엘의 허리춤을 꼭 잡고 밖으로 끌고 나가 대기하고 있던 차에 밀어 넣었다. 차안에는 이미 다른 두 명의 불법체류자가 잡혀 와 앉아 있었다.

수원근교의 화성외국인보호소는 호텔급이었다. 공장 귀퉁이 퀘퀘한 냄새가 늘 배어 있는 기숙사에 비하면 5성급 호텔처럼 깨끗했다. 아리엘은 외국인 범법자들을 가둬 두는 수용소라고 들었는데 수용소라기에는 너무 좋은 시설이어서 역시 부자나라가 다르긴 다르다 싶었다. 사장님과 비센테가 면회를 왔다. 외국인보호소에서 짐 챙겨 싸 보낼 수 있는 지인에게 전화하라고 해서 비센테에게 부탁했더니 간단한 아리엘의 짐을 싣고 사장님도 함께 왔다. 나머지 큰 짐은 비센테가 화물로 부쳐 준다고 했다. 그날은 갑자기 들이닥쳐 어쩔 수가 없었다는 비센테의 변명을 듣고는 그냥 멋쩍게 웃을 수밖에 없었다. 빌딩오너로의 꿈은 접어야 할 것 같다고 미안해하는 비센테를 오히려 위로해 주었다. 사장님은 귀국하는 모든 경비며 위로금까지 전해 주었다. 벌금을 내야 한다면서도 기회가 돼 다시 한국에 올 수만 있다면 그때도 고용해 준다고 했다. 그동안 이렇게 따뜻한 사장님 만난 것도 아리엘은 행운이라 생각했다. 그리고 단속반에 걸려 잡혀 온 것도 스스로의 운명이려니 했다. 저마다의 정해진 운명이 있다더니 이게 자신의 운명인가 싶었다. 비행기 편이 쉽지 않아 나흘인가를 더 빈둥거렸다. 먹고 자고 편의시설 찾아다니며 놀고 정말 오랜만에 편안한 휴식을 보냈다. 인천공항으로 떠날 때는 오후 늦은 해 질 무렵이었다. 완전 타의에 의해 돌아가는 것이지만 막상 돌아간다고 생각하니 갑자기 가족들이 왈칵 보고 싶어졌다. 태어나 한 번도 보지 못한 막내딸이 너무너무 보고 싶고 궁금했다. 초등학생이던 큰딸이 마닐라에서 대학을 다니고 있다지 않던가. 목마 태워 높은 나무 가지에 매달린 망고를 따게 해 주었던 그 꼬맹이가 벌써 대학생이라니. 얼마나 커서 얼마나 변했을까. 이렇게 마음이 붕붕 떠서 설렐 줄도 몰랐다. 이렇게도 보고 싶은 이런 가슴을 어떻게 꽁꽁 싸매고 살았는지 스스로가 대견하다는 생각도 들었다. 더구나 큰 언니가 보호자가 돼 3남매 모두 마닐라에서 학교를 다닌다니 가슴이 뿌듯하기만 했다. 아빠가 고생해 보내 주는 돈으로 마닐라에서 학교를 다닌다는 것이 동네방네의 자랑거리라고 했지 않았던가. 우리 아빠 최고라고….

아리엘은 자신도 모를 미소를 머금고 싱글벙글했다.

마닐라공항에는 새벽 세 시에 내렸다.

'마닐라에 왔으니 학교에 다니고 있는 애들 먼저 찾아 만나 볼까?'

생각은 간절했지만 많은 짐 보따리를 들고 다니기가 너무 불편할 것 같았다. 일단 타르락 집으로 갔다가 다시 시간을 내서 마닐라를 둘러보기로 했다. 터미널까지는 택시를 탔다. 타르락으로 떠나는 첫 버스가 아침 5시에 있었다. 버스에 오르기 전 아내가 좋아하는 졸리비의 통닭 두 마리를 포장했다. 집에 도착할 때쯤이면 아내가 막 아침식사를 먹고 있을 시간이려니 싶어서였다. 온갖 신경이 아내에게만 집중됐다. 그동안 밀려 쌓인 회포가 마구 가슴을 헤집었다. 이렇게 좋은 걸, 생각만 해도 가슴이 뛰는 보고 싶은 아내가 기다리는데 왜 그리도 고집을 부리며 한국에 살고 싶어 했을까!

'못해 준 사랑, 몇 배로 더 많이 해 줘야지.'

아내에게 마닐라에 도착했다고 전화라도 해 주려다가 사정이 여의치 못해 포기했다. 공중전화를 걸 동전도 필리핀에서 써야 될 셀폰도 아무런 준비 없이 돌아온 아리엘이기 때문이었다. 아무것도 모르는 아내를 깜짝 놀래 줘야지. 이리도 좋은 걸, 이렇게도 좋은 걸, 그동안 어떻게 살아왔는지 되돌아보면 아득했다. 교통체증으로 근 3시간이나 달려온 버스에서도 좀체 잠이 오지 않았다. 눈을 감고 기대 앉아 있으려니 반가워할 아내모습만 떠올랐다. 버스에서 내려 다시 집으로 가는 택시를 탔다. 넓은 들판 눈에 익은 아름다운 고향이 아리엘을 반겨 맞아 주었다. 작은 시내를 건너고 왼쪽으로 꺾어 논 가운데로 난 길은 잠깐 더 달려서 그렇게도 그립던 집에 도착했다. 열려진 대문을 열고 현관에 도착했다. 손잡이를 잡고 당겼다. 현관문이 잠겨 있지 않았다. 문이 열리고 현관을 들어선 아리엘이 큰 소리로 아내를 불렀다.

"여보! 나, 돌아왔어."

신발을 벗고 슬리퍼를 신으며 다시 한번 더 큰소리로 아내를 불렀다.

"여보. 어디 있어. 나, 돌아왔어."

"……."

마침 아침식사 중이었는지 아내가 한입 가득 밥을 물고 주방에서 나왔다. 껑충 뛰어와 안길 줄 알았던 아내가 미적거리기만 했다.

"손님이 있어."

아내가 주방을 가리키며 멈칫거렸다. 아리엘은 캐리어를 들어거실 한쪽으로 밀어 세웠다. 그때 주방에서 뻘쭘하니 걸어 나오며 고개를 내민 사람은 아내와 같은 학교에 근무하는 남자 선생님이었다.

"안녕하세요."

"······?"

아리엘의 두 눈이 둥그렇게 커졌다. 비센테가 전해 주던 아내가 만난다던 그 남자 선생님이 주방에서 아내와 함께 아침식사를 하던 중이었다.

'오 하느님!'

다리에 힘이 풀린 아리엘은 그 자리에 풀썩 주저 물러앉았다.

남편대행

그날도 룹탑은 일리걸 워커(불법체류 근로자)들로 붐볐다.

　작은 옥탑방에는 어깨를 부대끼며 많은 남녀 방문객들이 빼곡하게 앉아 있었고 방 밖 옥상 여기저기에 마련된 벤치에도 일리걸 워커들이 가득했다. 불법취업자라는 이유만으로 숨어서 살아야 하는 운명을 받아들이며 순응하는 이들이었다. 단속의 눈이 느슨한 밤에만 만나 서로의 운명을 농담처럼 논하는 곳이기도 했다. 못된 어글리 코리안을 화제에 올리기도 하고 끼리끼리 고향이야기도 하고 섹스에 굶주린 사내들은 이야기로만 하는 섹스에 푹 빠져 있기도 했다.

　오늘따라 옥탑방 윗목에는 교자상이 놓여 있었고 온갖 음식들이 넘치도록 차려져 있었다. 초여름이라 아직은 철 이른 커다란 수박도 하나 덩그마니 올라와 있었다. 알렉스는 교자상 위의 음식이 늘어날수록 입이 더 벌어졌다. 아버지 돌아가신 기일이어서 마음만으로나마 잊지 말자고 준비한 제사상이었다. 그 먼 나라 필리핀에서도 첩첩 산중인 바기오 빙가호수 근처에 살았던 아버지께서 돌아가신 날, 그날이 오늘이었다. 지난주 토요일 룹탑에 모였던 친구 한두 명에게 간단한 소찬 장만해 함께 들자고 했더니 그게 입소문으로 번져 오늘 소동이 벌어지다시피 하고 있었다. 저마다 한가지씩의 음식을 장만하거나 아니면 시장에 들러 과일 하나라도 사들고 모여들었다. 결국 교자상이 모자라 작은 밥상까지 교자상 옆에 붙였다. 음식이 많아서라기보다 아버지 기일을 추모해 주는 많은 친구들이 있다는 데서 알렉스는 더 입이 벌어졌다.

개수대 옆에 붙어 있는 메리는 알렉스를 도와 열심히 손님들을 접대했다. 상 위에 올리는 음식이 아닌 미리 준비한 음식을 접시에 담아 비좁은 방 가운데로 밀어 놓았다.

"메리, 오늘은 더 아름다운데 비결이 뭐야?"

아래층에서 일하는 다니가 분주히 움직이는 메리를 칭찬했다.

"…아무래도 어젯밤 알렉스가 진하게 안아 줬나 봐."

"맞아. 알렉스는 평소 빌빌해도 밤일은 기가 막히게 잘한다니까."

"우후후! 우후!"

시샘 묻은 야유와 환호가 잠깐 방 안을 소란하게 했다.

알렉스가 지금부터 제사를 올릴 것이니 조용히 해 달라는 부탁을 했고 이어서 돌아가신 아버지를 회고하는 기도를 시작했다. 방 밖 여기저기에 흩어져 잡담에 열중이던 친구들도 옥탑방 앞으로 모여서서 함께 기도했다. 일부 이미 술이 딸딸한 친구들은 아직도 벤치에서 그들만의 이야기에 열중하고 있었지만 아무도 개의치 않았다.

이내 기도가 끝나고 또 잠깐 알렉스가 교자상 위의 음식을 이리저리 옮기며 그만의 예식을 끝냈다. 다시 메리가 바빠졌다. 상위 음식을 작은 접시에 나누어 담아 옥탑에 모인 모든 친구들에게 나누어 주기 시작했다. 여자 손님들이 주인인 양 나서기 시작했고 옥탑은 이내 소란스러운 잔치가 벌어졌다. 사내놈들은 저마다 좋아하는 여자애들에게 음식을 들고 쫓아다니기 바빴고 이밤이 지나면 다시 못 볼 연인처럼 환심을 사기 위한 최선을 다하고 있었다.

초저녁에 시작된 잔치는 거의 자정이 넘어서 끝이 났다. 몇 명은 자리를 떠나 돌아갔지만 거의 모든 친구들이 아직도 힘이 넘치도록 끼리끼리 모여 앉아 열변을 토하고 있었다. 여자애들을 쫓아다니는 티가 나는 친구들은 저마다 찍어 놓은 여자에게 끝없는 구애를 하고 있었고 옥탑 한쪽 구석에서 이미 소곤대는 커플이 보이기도 했다. 고향 필리핀에 아내가 있고 남편이 있을 수도 있으면서도 먼 이국에서의 외로움을 달랠 수 있는 사람을 찾는다는 게 더 정확한 이야기일 수도 있겠다. 최소한 많은 남자들의 속셈은 그랬다.

알렉스는 룹탑에 사람들이 있건 없건 잠자리에 들기로 했다. 좁은 옥탑방 교자상이 치워진 맨 안쪽에 자리를 잡았다. 벽 쪽으로 메리를 밀어 눕히고 알렉스가 누웠다. 아직도 방 안에는 많은 남녀친구들이 헤어지는 것이 아쉬운 양 꼬리에 꼬리를 문 이야기들을 이어 가고 있었다. 알렉스는 모두들 돌아가 달라고는 하지 않았다. 형광등만 꺼 달라고 했다. 이야기는 입으로 하고 귀로 듣는 것이니 형광등이 없어도 할 수 있는 것 아니냐며 빙그레 웃었다.

형광등이 꺼지고 이야기하는 분위기는 오히려 후끈 달아올랐다. 음담패설이 나오기도 했고 그때마다 까르르 숨넘어가는 여자들의 괴성에 알렉스는 잠을 이룰 수가 없었다. 메리가 살풋 코를 골며 잠이 든다 싶더니 이내 뒤척이기 시작했다.

토요일의 옥탑방은 으레 그랬다. 평일도 토요일만큼은 아니더라도 근처 불법취업자들이 저녁마다 모여 들었다. 삼삼오오 이야기꽃을 피우다가 시간이 되면 사라졌다. 알렉스는 그들이 오는지 가는지도 몰랐다. 심지어 방 안을 들여다보며 인사를 하기 전까지는 누가 왔다가는지도 몰랐다. 토요일은 더 그랬다. 방문객들은 스스럼없이 알렉스의 옥탑방을 드나들었고 돌아가는 거리가 멀어 돌아가기 힘든 친구는 그 좁은 방에서 끼어 자기도 했다. 오늘 같은 여름밤에는 옥탑 벤치 여기저기서 잠들어 밤을 새는 친구들도 있었다. 때 이른 모기가 달려들기도 했지만 커다란 필리핀 모기에 비하면 한국 모기는 모기도 아니라고 했다. 아침 해가 뜰 무렵이면 벤치의 친구들도 하나 둘 사라졌고 언제 그랬느냐는 듯 옥탑은 조용해지고는 했다.

알렉스는 목이 말라 잠에서 깼다. 깜깜한 밤이지만 밖에서 들어오는 가로등 불빛에 방 안은 어슴푸레 밝았다. 시끄러운 잡담이 언제 끝났고 언제 잠이 들었는지도 몰랐다. 토요일이면 으레 그러려니 해야 했고 그런 일상이 오히려 즐거웠다. 고향 필리핀 빙가호수 근처 마을에서도 늘 그랬다. 남편이 한국으로 취업해 떠난 마음씨 좋은 구멍가게 집의 가게에 딸린 방이 동네 사랑방이었다. 함께 어울려 놀다가 그대로 잠들기도 하고 아침에 일어나 각자의 집으로 돌아가기도 했다. 어떤 날 아침에 잠에서 깨어났더니 구멍가게 집 부인과 단둘이만 자고 있는 중이어서 화들짝 놀란 적도 있었다. 그렇다고 무슨 사고를 친 것은 아니었지만 괜히 둘이서만 잠들어 있다는 것이 죄인처럼 느껴져서 후다닥 재빠르게 집으로 도망해 온 적도 있었다.

옆자리 메리는 깊게 잠들어 있는 것 같았다. 다른 쪽 옆자리에도 잠들어 있는 친구들이 있었다. 누군지도 모르고 남자인지 여자인지도 몰랐다. 멍하니 천장을 바라보며 조금씩 정신을 차리려는데 옆자리에 자는 친구의 꼼지락거리는 낌새가 이상하게 느껴졌다.

'어라…?'

그 짓이 분명했다. 움직이지 않는 것처럼 천천히 아주 천천히 움직였다. 살그머니 고개를 돌리고 확인한 옆 사람은 창고숙소로 돌아갔어야 할 다니였다. 알렉스를 등지고 옆으로 누워 앞사람을 뒤로 껴안고 밀착한 앞사람의 엉덩이를 천천히 아주 천천히 비비적거리고 있었다. 알렉스는 숨을 죽이고 다니가 껴안고 있는 여자가 누구인지를 살폈다. 하지만 다니에게 가려 누운 상태로는 누구인지 확인할 수가 없었다.

"으~응!"

알렉스는 잠꼬대처럼 가벼운 신음을 내며 기지개를 폈다. 다니가 후다닥 여자에게서 떨어지더니 급하게 바지를 끌어 올렸다. 그리고 여자의 팬티를 올려 주는 황급한 손놀림의 낌새가 느껴졌다. 여자는 아래층에서 일하는 메리보다 나이가 어려 동생이라 부르는 신디가 분명했다.

알렉스는 천천히 일어나 두 남녀의 발치를 돌아 화장실로 향했다. 그렇게 화장실이 급했던 것도 아니어서 천천히 아래층 복도로 내려갔다. 화장실은 아래층 복도 끝에 있었고 봉제공장 완성반이 쓰고 있어서 밤이면 쥐새끼 한 마리도 보이지 않는 곳이었다. 신디는 공장구석 창고숙소에 기거하고 있었다. 창고를 개조해 여러 개의 방을 만들고 외국인 남녀 근로자들이 사용하도록 해 준 숙소였다. 조리시설이 있기는 했지만 불편하다며 신디는 거의 알렉스네와 함께 생활했다.

화장실에서 돌아오자 다니는 보이지 않았고 신디만 동그마니 무릎을 쪼그려 옆으로 누워 자는 체하고 있었다. 조리대 앞에서 물병을 찾아 물을 벌컥벌컥 마셨다. 속이 시원해졌다.

'다니란 놈 신디에게 꽤나 질벅대더니…. 저러다 방 얻어 독립하는 거 아닌가?'

오랫동안 생리적인 욕구를 분출하지 못해 안절부절못했던 메리를 만나기 전의 자신을 생각하며 알렉스는 그런 다니와 신디를 이해할 수도 있다 싶었다.

'아닌 척하고 당황해하던 놈의 꼬락서니란…. 이미 둘만의 사랑이 푹 익었던 게지?'

알렉스는 고소를 금치 못하며 다시 자리에 누웠다. 조용해진 분위기가 오히려 잠들기 어려운 환경이다 싶었다. 한참을 뒤척이다가 겨우 잠이 들었다.

1

알렉스는 결혼하지 못한 혼기를 놓친 싱글이었다. 아버지는 일찍 돌아가시고 누나 형들은 결혼해서 독립해 나갔다. 7순 넘은 어머니를 알렉스 혼자 모시고 살았다. 20대 초반부터 결혼하라는 어머니의 성화를 30대에 진입한 지금까지도 용하게 잘 견뎌 내고 있는 중이었다. 한국으로 취업한 이웃 구멍가게 집 아저씨의 무용담을 듣고부터 꼭 한국으로 취업하겠다고 결심했고 어머니에게도 조금만 기다려 달라고 애걸을 하며 버텨 내는 중이었다. 구멍가게 아줌마는 한국에 가 있는 남편의 한 달 월급이 필리핀에서 받았던 것의 거의 10배에 달한다고 했다. 무엇보다 한국에서 보내온 커다란 박스의 그 좋은 물건들이 모두 버리는 물건들 중에서 골라 보냈다는 이야기에는 알렉스도 깜짝 놀랄 수밖에 없었다. 저런 좋은 물건들을 버리는 나라라니 전혀 믿어지지 않았고 오히려 신기하기까지 했다.

한국취업을 위해 무던히도 노력했지만 까다로운 기준과 절차를 통과하지 못해 번번이 실패했다. 결국 관광객으로 위장해서라도 한국으로 가면 자리를 마련해 준다는 이웃집 아저씨의 약속을 믿고 한국행을 결심했다. 관광객으로의 입국도 쉽지 않아 브로커에게 꽤나 많은 웃돈을 지불해야 했다. 한국에 도착하고 어렵게 어렵게 이웃집아저씨를 찾아 구한 일자리가 역시 막노동이었다. 마침 계절마저 겨울이어서 변변한 겨울옷 한 벌 제대로 없는 알렉스는 한국생활이 너무 힘들었지만 죽기 아니면 살기라는 각오로 이를 악물고 견뎌 냈다. 겨울이 지나가면서 알렉스는 그동안 잊고 지내던 근처 교회를 찾아 나섰다. 교회에는 필리핀 친구들이 제법 많이 나타났고 하나님에게 기도하는 것뿐만 아니라 필리핀 친구들을 만날 수 있다는 것이 무엇보다 좋았다. 첫날 교회에서 처음 만난 여인이 메리였다. 메리는 만나자마자 먼저 호감을 표시해 왔고 친절하게 알렉스를 안내해 주었다. 미사를 마치고 돌아가는 길에 차 한 잔을 함께했고 서로를 조금씩 소개했다. 알렉스의 이야기를 듣던 메리는 그 추운 겨울을 막노동으로 어떻게 견뎌 냈느냐고 위로했고 알렉스는 평범하고 하찮은 그 말 한마디가 왜 그렇게도 고마운지 자신도 모를 설움이 왈칵 북받쳐 눈물을 찔끔 흘렸었다. 아마도 한국에 도착하고 처음으로 들어보는 위로였기 때문이지 않았나 싶었다. 메리가 새로운 일자리를 소개해 준다고 했고 그렇게 옮겨 온 일터가 지금의 봉제 공장이었다. 급료가 좀 작기는 했지만 불법체류자인 외국인을 써 준다는 것만도 감지덕지였다.

봉제공장은 외국인 여공들이 거의 대부분이었다. 거의 합법적으로 취업한 자들이었지만 불법취업자들도 꽤나 많이 끼어 있었다. 대부분 필리핀 국적의 외국인들이었고 태국과 베트남 국적자도 몇 명 있었다. 합법적으로 취업한 사람들은 떳떳하게 숙소를 구해 살았다. 삼삼오오 서로 뜻이 맞는 사람들끼리 숙소를 얻어 생활했고 심지어 비용을 절감하기 위한 남녀 임시커플도 있었다. 그러나 불법취업자들은 사외거주를 기피했다. 왠지 회사라는 울타리를 벗어나면 단속에 걸리기 쉬울지도 모른다는 심리적인 부담 때문이었다.

메리는 아이들 둘 그리고 남편과 생이별을 한 채 한국으로 건너온 기혼자였다. 능통한 한국어 실력으로 외국인 근로자들의 통역을 전담했고 사람이 부족할 경우 이리저리 수소문해서 부족한 외국인 근로자의 충원도 책임지는 만능해결사였다. 초보 외국인 근로자들의 교육도 메리가 전담했다. 입사 2년 만에 회사의 유능한 인재로 성장한 메리는 성실한 생활태도마저 모범이라는 데서 옥탑방 사용을 허가받았다. 수도며 전기며 모두 회사가 책임져 주었고 티브이며 인터넷도 회사가 연결해 주었다. 5층 건물의 3,

4, 5층을 모두 쓰고 있는 회사라서 옥탑방은 자연 회사가 관리했고 메리는 이런 옥탑방을 차지하는 특혜를 누리게 된 것이었다. 4층에는 창고를 일부 개조해 숙소로 제공하고 있었으나 아무래도 숙소로 쓰기에는 불편한 조건이 너무 많았다. 형편이 괜찮아진 근로자들은 따로 외부의 숙소를 얻어 독립했고 불법취업자들만 계속 창고숙소에서 살았다. 메리는 그들의 어려움을 도와주는 의미라며 옥탑방을 개방했고 아래층 친구들은 제집처럼 옥탑방을 드나들었다. 심지어 근처의 다른 회사 친구들마저 스스럼없이 옥탑방을 찾았다.

2

생산과 김 과장의 음흉하고 기분 나쁜 눈초리가 메리의 뒤통수를 따라다니기 시작했다.

김 과장은 사내에서 일 잘하기로 소문난 타의 추종을 불허한다는 사람이었다. 윗사람의 신임이 대단했고 따라서 회사 내 입지도 단단했다. 단지 외국인 여성 근로자들과의 염문이 자주 나돌았고 파트너마저도 자주 바뀐다는 소문이 옥의 티였다. 새로 입국한 반반한 예쁜 여자애가 나타나면 김 과장은 집요하게 그 여자애에게 집착한다고 했다. 그리고 꽤 오래 염문을 뿌리다가 애자애가 말을 잘 듣지 않으면 트집을 잡아 견디지 못하도록 괴롭

힌다고 했다. 어떤 여자애는 그런 김 과장의 트집을 견디지 못해 스스로 회사를 그만두고 잠적해서 불법취업자가 됐다고도 했다. 다른 회사로 이적을 희망했으나 김 과장의 방해가 이어지자 어느 날 밤, 짐을 꾸려서 어디론가 자취를 감추고 말았다는 것이었다.

그런 김 과장의 눈길이 메리의 뒤를 쫓고 있었다. 눈치를 챈 메리였지만 뾰족한 묘안이 떠오르지 않았다. 하루 생산량이 저조하다고 트집을 잡기 시작했다. 이런저런 애들 사정 다 봐주니 그럴 수밖에 없지 않느냐고 또 태클을 걸었다. 현장 이곳저곳을 챙기는 반장언니로 그렇게 마음이 물러서야 어떻게 일을 해내겠느냐고도 했다. 건강이 좋지 않아 보이는 애들을 조금이라도 배려하려 하면 마음씨 좋은 척하지 말라고도 했다. 오직 능률을 올리라고만 했다. 그렇다고 평균치 이하의 능률인 것도 아니어서 부장님은 오히려 수고 많다고 칭찬까지 해 주는 수치였는데 김 과장만 불만이었다. 참다못한 메리가 결국 김 과장과 부딪치고 말았다. 사내가 소란스럽도록 크게 한판 다툼이 일었다. 그러나 김 과장이 쉽게 미안하다고 사과하면서 그날은 그냥 그렇게 쉽게 끝이 났다. 돌아서면서 김 과장은 언제 둘이 만나 한잔하며 풀자고 했지만 메리는 일언지하에 거절했다. 김 과장의 속내가 보이는 것도 같아서였다. 그래서인지 그날 이후 김 과장은 스쳐 지날 때마다 오만상을 찌푸리며 메리에게 시위했다. 하지만 메리는 아무 일도 없었던 것처럼 침착하게 표정관리에 애썼다.

월요일 저녁이었다. 토요일 일요일 이틀 동안이나 요란하던 룹탑이 월요일 저녁이면 조용해졌다. 이틀 동안이나 밤샘하다시 피 했으니 월요일은 겨우겨우 하루 일과를 마쳤을 것이고 퇴근하 고 나면 바로 각자들의 처소로 돌아가게 마련인 생활 패턴 때문 이었다. 메리 역시 월요일은 방문객이 없어 저녁식사를 마치기 바쁘게 자리에 들고는 했다.

꽤나 깊은 잠이 들었을 때였다.

똑! 똑!

노크소리가 났고 메리는 화들짝 잠에서 깨어났다.

"나요. 김 과장."

'김 과장이…? 왜…? 이 시간에…?'

메리는 불을 밝히고 서둘러 옷부터 챙겨 입었다. 여러 명이 잘 때는 수시로 화장실을 드나드는 이유도 있고 해서 문을 잠그지 않을 때도 있었다. 그러나 혼자 잘 때는 반드시 문을 잠그고 잤 고 오늘도 잠결에 누가 문을 잡아당기는 인기척이 들렸던 것도 같았다.

"무슨 일인데요?"

일단 잠겨 있는 문고리를 다시 한번 확인하며 무슨 용건이냐고 물었다. 벽시계가 밤 열두 시를 가리키고 있었다.

"아…, 잠깐이면 됩니다."

"내일 아침 회사에서 이야기하지요."

메리는 일부러 차갑게 목소리 톤을 깔았다. 이런 오밤중에 나 타나 뭘 어쩌자는 건가싶어 매몰차게 쏘아붙였다. 내일 아침 회사에서 이야기하자며 버티기로 했다. 하지만 김 과장은 그렇게 쉽게 물러날 일이라면 애초 나타나지도 않았을 거라는 투였다. 계속 잠깐만 이야기하자고 했고 함께 근무하려면 오해나 풀고 지내자고 했다. 오해하는 거 없으니 돌아가라고 했지만 끝내는 문을 탕탕 두드리기 시작했다. 아래층 창고숙사 애들이 깨어나면 무슨 일인가 오해할 수도 있겠다 싶어 결국 부딪쳐 보기로 했다.

'여차하면 뛴다.'

메리가 문을 열자 몸을 억지로 가누는 듯한 만취한 김 과장이 문틀을 잡고 서 있다가 후다닥 방으로 들어섰다.

"미안합니다."

털퍼덕 자리에 앉은 김 과장은 흐느적거리는 자세를 고쳐 잡으려 애썼다.

"근데 말이지. 나는…. 메리가 부장님 이야기처럼 회사의 보물이라는 거 알아. 그런데 나는 메리의 상사인 과장이란 말이야. 메리가 나를 개똥으로 취급하고 있다는 거도 알아. 왜 그렇게 취급하는지만 몰라. 왜 그런 거야? 왜 나를 개똥 취급하냐고?"

"그런 적 없습니다. 과장님…. 많이 취했습니다. 댁으로 돌아가셔야지 이게 뭡니까? 저 과장님 명령이면 언제라도 잘 받들어서 회사 일에 충실할 겁니다. 돌아가세요."

"…내 말 잘 들어 주겠다? 됐어. 그럼 됐어, 오케 오케."

예상대로였다. 다툼이 있었던 일을 핑계 삼아 어떻게 해서라도 메리를 한번 건드려 보려는 심산인 게 틀림없었다. 으름장으로 돌려보내기는 틀렸다 싶었다. 메리는 생각을 바꾸기로 했다. 만취한 사람이니 살살 달래서 보내는 게 나을 듯싶었다. 냉큼 일어나 무릎을 꿇었다. 역겹고 더럽지만 먼 이국에서 살아남는 길은 이보다 더한 일이라도 기꺼이 해내야 할 것 같아서였다. 김 과장은 조금씩 기세등등해졌고 메리는 대역 죄인처럼 절절매야 했다. 근 10여 분 이상을 그렇게 입씨름으로 시간을 보냈다.

"내 말을 잘 듣겠다고…? …그럼 테스트해 보겠어. …내 볼에 뽀뽀 좀 해 주지?"

눈도 깜작하지 않고 속내를 드러내는 것 같았다. 메리는 계속 문 쪽을 노렸지만 김 과장은 조금도 빈틈을 주지 않았다. 만취한 것 같지가 않았다. 만취해 있는 상태는 보여 주기 위한 쇼 같기만 했다.

"그건 의미가 다른 겁니다."

메리는 다시 목소리를 차갑게 깔았다.

"힘들 것 없잖아. 그냥 뽀뽄데."

김 과장이 벌떡 일어났다. 짐작한 대로 만취한 상태가 아니었다. 재빠르게 메리를 안고 방바닥을 뒹굴었다. 메리는 반항했으나 남자의 힘을 견뎌 내기란 쉽지 않았다. 엉성하게 입고 있던 블라우스 앞단추가 떨어지며 덜렁 가슴이 드러났다. 몇 번이나 쿵쾅거리는 소리도 났으니 아래층 창고숙사 애들이 깨어났을 법도 한데 아무도 달려와 주지 않았다. 그래 끝이다. 메리는 무릎을 구부려 김 과장의 넓적다리 사이 급소를 세게 치받았다.

"어이쿠~!"

블라우스의 앞섶을 여미며 메리는 5층을 단숨에 뛰어 내려 갔다. 그제야 소란을 알아챈 4층 창고숙사 동료들이 눈을 비비며 엉거주춤 얼굴을 내밀었다. 메리는 이렇다 할 설명을 할 여유도 없는지라 그냥 1층까지 내달렸다. 회사는 내일부로 그만두기로 마음먹었다.

3

같은 필리핀 국적의 회사동료가 살고 있는 셋방에서 이틀을 보 냈다. 퇴근하고 돌아온 동료의 이야기에 의하면 회사 분위기가 심상치 않다고 했다. 현장을 목격한 4층 창고숙사 동료들의 입에 서 소문은 더 부풀려졌다고 했다. 꽤나 많은 외국인 근로자들이 김 과장이 회사를 그만두지 않는 한 회사를 옮겨 가겠다고 동요 하고 있다는 것이었다.

사흘째 되던 날 아침 메리는 이제 마음을 추스르고 일할 곳을 찾아봐야겠다고 자리에서 일어났다. 그동안 여기저기 부족한 인 원을 충원하기 위해 연락이 닿던 외국인 고용회사 몇 곳을 찾아 가 봐야겠다고 마음먹었다. 나 하나쯤 일할 곳 찾기란 일터가 널 널한 한국에서는 쉬운 일이지만 합법적인 외국인 근로자에서 불 법체류자의 불법취업자가 된다는 것이 아쉬울 뿐이었다. 단속에 걸리는 날이면 그날로 외국인보호소에 수용돼야 하며 곧바로 귀국조치로 추방돼야 한다는 것이 두렵기는 했다.

아직 출근시간이 지난 지 얼마 되지 않아서 타 회사를 방문하기에는 너무 이른 시간이었다. 천천히 세수를 하고 대충 화장을 마쳤을 무렵 문밖에서 인기척이 났다.

"계셔요?"

익숙한 목소리였다.

"안에 누구 계셔요?"

가볍게 노크하며 다시 한번 물어 오는 익숙한 목소리는 회사 최 부장이었다. 메리가 문을 열자 최 부장이 머쓱하게 웃으며 회사동료인 신디와 함께 서 있었다.

"들어가도 될까요?"

최 부장이 조심스럽다는 투로 양해를 구하는 동안 신디가 성큼 방으로 들어왔다. 대충이라도 화장을 마치고 있어서 다행이다 싶었다. 최 부장은 정중하게 사과한다는 말부터 했다. 다시는 이런 일이 발생하지 않도록 조치할 것이니 오늘부터 출근하는 게 어떠냐고 양해를 구했다. 메리가 은근 바라는 바이기도 했지만 제 버릇 개 주랴 싶은 김 과장이 문제였다. 어찌 매일 얼굴을 마주할 것이며 어찌 매일 부딪치는 작업이야기를 스스럼없이 나눌 수 있을 것인가. 메리는 쉽게 결정할 문제가 아니다 싶었다. 최 부장은 메리가 회사를 떠난다고 해서 회사가 문 닫는 것은 아니지만 잠시 원활하지 못한 것이 문제일 뿐이라고 했다. 어수선한 분위기와 몇몇 근로자들이 이동하는 일이 생길 수도 있다고 했다. 최 부장은 사장님을 대신해서 다시는 이런 일이 일어나지 않을 것이라는 약속을 했고 오갈 데가 많이 있는 것도 아닌 메리는 일단 긍정적인 대답을 했다. 이어서 최 부장은 또 한 가지 새로운 제안을 했다. 메리의 남편을 데려오라는 것이었다. 옥탑방에 함께 기거한다면 이런 일은 다시 일어나지 않을 거라는 것이었고 만일 남편의 입국이 원활하지 못하면 관광비자로 입국만 하라는 것이었다. 메리는 일어나 넙죽 절이라도 하고 싶도록 고마웠다. 까짓 것 그보다 더한 수모를 겪고도 일하는 친구들이 많은데 싶어 가슴이 쿵하고 울리기까지 했다. 내일부터 출근하겠다고 약속하자 최 부장은 내일 보자며 활짝 웃었다. 최 부장이 고마웠고 이렇게라도 자신을 알아주는 회사가 너무 고마웠다. 다시 회사로 돌아가는 내일부터는 뼈빠지게 열심히 일해야겠다는 다짐도 했다.

4

알렉스에게 퇴근하고 잠깐 보자고 연락을 했다. 최 부장이 다녀간 출근하지 않은 날 오후여서 시간여유가 많은 메리가 알렉스를 찾아 나섰다. 그가 숙식하는 컨테이너 하우스에서 만나 서둘러 감자탕 집으로 이동했다. 감자탕은 알렉스도 메리도 별 거부감 없는 맛있는 한국음식이기 때문이었다. 알렉스를 처음 만났던 메리는 때 묻지 않은 알렉스의 진심이 마음에 들었었다. 자신이 잘났다고 나서지를 않았다. 그런대로 잘사는 환경이지만 놀 겸 유람 삼아 한국에 왔다는 친구들처럼 허풍은 입도 뻥긋하지 않았다. 가난하다고 했고 홀어머니를 위해 돈을 모아야 한다고 했다. 산골 농사꾼처럼 손마디가 굵었고 많이 일해 본 사람처럼 근육도 울끈불끈 솟아 있었다. 꾸미지 않는 솔직한 감동적인 남자였다. 돈도 돈이지만 힘든 공사판보다 조금 편안한 공장 같은 데서 일했으면 했고 기회만 닿으면 그렇게 도와주고 싶다는 것이 메리의 솔직한 심정이었다. 밥도 잘 먹었다. 어느새 감자탕 한 그릇을 후루룩 다 먹어치웠다.

"급료가 조금 작기는 하지만 안정되고 일이 힘들지 않은 곳이 있는데 옮겨 볼래? 어차피 불법체류자잖아. 회사를 옮긴다 해서 합법적인 체류지위를 박탈당하는 정상적인 근로자도 아니잖아?"

"좋~지. 어디 좋은 데 있어?"

"우리 회사, 봉제 공장이야."

"헐! 무슨 일이래?"

"그런 일이 있어. 그런데 알렉스 네가 어떤 역할을 해 줘야 해."

"어떤 역할인데."

"별거 아니야. 내 남편 역할. 역할만 하면 돼. 실제는 아니니까."

"……?"

"같이 한 방에 자도 그냥 잠만 자야 해."

알렉스의 반짝이던 눈이 동그래졌다.

목요일 아침, 김 과장 사건 이후 첫 출근한 메리는 옥탑방부터 들렀다. 중요한 물건도 아니지만 아무 것도 손댄 흔적이 없었다. 화장품이며 벽에 걸어 놓은 옷가지까지 그대로 그 자리에 있었다. 순전히 일하는 능력으로만 사람을 보는 것인지 김 과장에 대한 징계는 아예 없었다. 그런 김 과장과의 조우가 무척 불편했지만 견디기로 했다. 김 과장에 대한 불만도 더 이상 입에 담지 않기로 했다. 먼 이국까지 먹고살기 위해 건너온 메리이고 보면 이런 일쯤은 이미 충분히 각오해야 하지 않았던가. 최 부장을 만나러 사무실에 들렀다. 일 중독자인 최 부장은 아직 이른 시간임에도 커피를 마시며 서류를 뒤적이고 있었다.

"부장님, 사실 제 남편은 이미 한국에 와 있는데요. 불법체류자입니다."

"아 그래요. 어제 만났을 때 이야기해 주지 그랬어요. 그래 어디에 있어요?"

"공사판에서 막노동 일을 하고 있습니다. 회사에서 받아 주기만 한다면 이번 토요일에 옮기도록 하겠습니다."

"좋아요. 그렇게 하세요."

사무실을 나서다가 출근하는 김 과장과 정면으로 부딪쳤다. 메리는 가볍게 목례했고 김 과장은 시큰둥하며 그냥 지나쳤다. 적반하장이 따로 없었다.

'제 놈이 먼저 미안해해야 하는데….'

그날 종일 김 과장과 무려 여섯 번 정도를 스쳐 지났지만 모른

체했다. 처음 한두 번이 좀 어색했지만 이내 그게 편했고 익숙해지는 것 같았다.

토요일 저녁, 짐을 옮기려 알렉스를 찾아갔다. 알렉스는 갑자기 남편역할이 너무 부담스럽다며 회사 옮기기를 주저했다. 여자가 한 방 쓰기를 권하면 얼씨구나 할 허튼 인간들이 부지기수일 텐데…. 역시 사람 하나는 잘 봤다 싶었다. 알렉스를 달래는 데또 시간이 한참이나 더 걸렸다. 결국 알렉스와 함께 짐을 꾸려 옥탑방으로 돌아왔지만 알렉스는 여전히 조심스럽기만 했다.

메리는 필리핀 민다나오의 다바오 출신이었다. 거기서 나고거기서 자랐고 거기서 결혼까지 했다. 아들 딸 하나씩 아이가 둘이었고 남편이 노모와 함께 아이들을 돌보고 있었다. 남편은 버스 운전기사로 생계를 유지하는 성실한 가장이었다. 비가 억수로 쏟아지던 날, 시내로 진입하는 고갯길에서 중앙선을 넘어오는 차를 피하려 아차 하는 순간 큰 사고가 발생하고 말았다. 버스는 계곡으로 추락했고 버스에서 탈출하지 못한 남편은 반신불수로 겨우 살아남았다. 메리가 생계를 책임져야 했다. 하지만 이렇다 할 기본적인 재산이 없었다. 처음에는 남의 집 일을 도와주는 품팔이를 했다. 가족을 부양해야 할 수입의 절반도 벌지 못했다. 시장 난전에서 푸성귀를 뜯어다 팔아 보기도 했으나 입에 풀칠하기도 바빴다. 해외 이주노동자로 취업한 이웃가족들은 잘 살고 있었다. 새집을 사기도 하고 새로운 농토를 사서 늘리기도 했다. 메리는 용감해져야 했다. 남편과 시어머니를 설득하기 시작했다. 남편은 죽이라도 먹으며 함께 살자 했으나 시어머니는 은근 그러길 바라는 눈치이기도 했다. 메리는 한국행을 결심했고 운 좋게도 일이 술술 풀렸다. 1년도 채 걸리지 않아 모든 절차를 통과한 메리는 정해진 한국의 봉제회사로 떠날 수 있었다. 바느질로 생활에 도움을 주던 친정어머니를 닮아 메리는 봉제분야에 천부적인 재능을 발휘했고 아이를 둘이나 키우면서 겪어 온 경험이 아직 어린 대부분의 여공들에게 리더로서의 진가를 발휘했다. 2년여 동안의 세월이 흐르면서 메리는 자타가 공인하는 봉제공장의 인재로 성장해 있었다. 룹탑의 유일한 옥탑방을 쓸 수 있는 위치가 된 것이었다.

아이들이 늘 눈에 밟혔으나 아빠와 할머니가 잘해 준다고 해서 다행이었다. 매월 풍족한 생활비를 보내 주는 것으로 메리는 한시름 놓고 살았다. 마음의 여유가 생긴 셈이었다.

5

짐이라야 달랑 옷가지 몇 벌이 들어 있는 가방 하나뿐인 것을 들고 옥탑방에 들어서던 알렉스는 깜짝 놀랐다. 여자 특유의 냄새 때문이었다. 여자들만 사는 방이면 으레 코를 찌르는 뭐라고 말할 수 없는 그런 여자냄새가 방 안에 가득했다. 구석에 가방을 밀어 둔 알렉스는 그저 멍하니 앉아 있을 수밖에 없었고 메리가 저녁상을 봐 오는 동안 숱한 여자애들이 방문을 열고 기웃거렸다.

"어머, 언니, 형부 참 잘생겼다."

저희들끼리 키득대다가 우르르 사라지기를 반복했다. 남자들도 한두 명 문을 열고 알렉스에게 눈인사를 건네고는 메리에게 윙크하는 것으로 반가움을 표했다. 모두들 아래층 창고숙사 아이들이라고 했다. 격의 없이 제집처럼 드나든다고 했고 앞으로도 이렇게 살아가야 한다고 했다. 저녁식사가 끝나기 무섭게 애들이 우르르 몰려왔다. 알렉스에게 미안해하는 것 같으면서도 스스럼 없이 자리를 잡고 앉았다. 형부를 환영한다며 간소한 다과 파티가 벌어졌다. 어색해하는 알렉스에게 메리가 연신 눈짓으로 코치했지만 알렉스는 여전히 서먹하기만 했다. 케이크에 촛불이 켜지고 노래를 부르고 그리고 메리와 함께 촛불을 껐다. 케이크를 자르고 접시에 담긴 케이크가 여러 사람들 앞으로 전달되자 방안은 파티 분위기로 물씬 무르익었다.

"키스해. 키스해."

어떤 여자애가 선창을 하자 소란하던 방 안이 삽시간에 구호로 가득했다. 메리가 어색해하는 알렉스 옆으로 다가와 앉았다.

"그동안 많이 잊어버려서 좀 어색할 수도 있어. 그치 여보?"

메리 역시 어색하기는 마찬가지였으나 태연하려 애썼다. 알렉스는 얼굴이 화끈 달아올랐다. 겸연쩍은 미소를 지으며 안절부절 못했다.

"형부! 왜 그래. 부끄러울 게 뭐 있어."

알렉스는 아무 대답도 하지 못했다. 꿀 먹은 벙어리처럼 빙긋이 웃기만 했다.

"형부, 뭐 죄진 거 있어? 언니 몰래 바람 피다 왔어?"

다른 애들보다 나이가 더 들어 보이는 신디라는 여자애가 유독 더 독촉을 했다.

"자, 자 여기들 보세요. 주목해 주시고요."

메리가 또 슬쩍 눈짓을 보냈다. 알렉스는 더 이상 머뭇거릴 수가 없었다. 옆에 앉아 있는 메리의 양 볼을 손바닥으로 눌러 잡고 가볍게 볼 키스를 했다.

"입엔 입. 입엔 입."

그리고 또 신디가 끼어들었다.

"형부 수상해. 언니 그렇지 않아?"

결국 모든 애들이 보는 앞에서 알렉스는 메리와 함께 진한 키스를 나누었다. 알렉스가 약간 떨고 있음을 느낀 메리는 순진한 총각 꼬였다는 조금은 미안하다는 생각도 들었다. 하지만 외롭게 살다가 잘못 빠져 돈도 못 모은 채 방황할지도 모를 알렉스만은 제대로 챙겨 줘야겠다고 생각했다. 서로 다른 통장일지라도 알렉스의 것까지 챙겨 관리하다 귀국하는 시점에 돌려주겠다는 다짐이었다.

'착실한 알렉스로 생활하게 하는 것으로 남편대행의 빚을 갚아야지.'

다과파티는 밤이 이슥해서야 끝났다. 오랜만에 만난 형부와 언니 위해 일찍 돌아가야 한다는 의견은 번번이 무시됐다. 12시가 넘어서도 내일이 일요일이지 않으냐며 더 버티려는 아이들을 신디가 마구 후들겨서 끌어냈다. 모두들 돌아간 방 안에 적막이 감돌았고 그런대로 스스럼없던 알렉스와 메리가 다시 뻘쭘해졌다.

"피곤하지? 이제 자자구."

메리가 잠자리를 정리했다. 방안 양쪽 끝에 따로 자리를 깔며 메리는 대수롭지 않다는 듯 행동했다.

"자신 있지? 한 방에 자지만 사고 같은 거 없다는 거."

알렉스가 고개를 끄덕이자 메리가 빙그레 웃었다. 잠자리에 들자 피곤했던 둘은 누구랄 것도 없이 이내 깊게 잠이 들었다. 그러나 잠깐뿐이었다. 살큼 고양이 잠을 자고 난 메리부터 잠이 깼다. 다시 잠을 청했으나 더 이상 잠이 오지 않았다. 알렉스 역시 잠에서 깨어났고 낯선 분위기 때문인지 다시 쉽게 잠들지 못했다. 뒤척이는 메리를 의식한 알렉스는 더 조심스럽기만 했다. 일부러 자는 척 숨을 고르게 쉬려 했지만 틈틈이 삐져나오는 긴 호흡을 숨길 수가 없었다.

"자니?"

메리가 먼저 말을 건넸다. 그러나 알렉스는 대답하지 않았다. 깊게 잠든 척 가볍게 코까지 골았다.

"안 자는 거 다 알거든!"

그래도 알렉스는 미동도 하지 않았다. 코만 드르렁드르렁 골았다. 메리가 자리에서 부스스 일어났다.

"잠이 오지 않아. 알렉스, 우리 이야기나 좀 더 하자."

알렉스는 대답하지 않았다. 끄응! 잠꼬대인 양 신음을 뱉어 내며 벽 쪽을 향해 누웠다. 메리가 슬며시 일어나더니 베개를 들고 알렉스 등 뒤로 가서 누웠다.

"알렉스, 정말로 잠이 오지 않아서 그래. 우리 조금만 더 이야기하다가 자자."

알렉스의 등을 끌어당겨 흔드는 바람에 알렉스도 더 이상 자는 척할 수가 없었다. 메리는 왜 알렉스를 남편이라고 해야 하는지부터 소상하게 설명하겠다고 했다. 한국 사람들 다 그런 건 아니지만 재수 없는 어글리 코리안에게 당하기 시작하면 몸 상하고 돈 못 벌고 개망신만 당한다는 것이었다. 김 과장이란 놈 몇 번인가 불쌍한 아이 망쳐 보내는 것을 똑똑히 보았는데 그 김 과장 놈이 자신에게 마수를 뻗쳐 오다니…. 어떻게 해야 할지 몰라 정신이 아득해졌다는 것이었다. 견딜 수 없어 다른 회사로 이직할까도 해 봤는데 외국인 근로자들의 이직절차가 또 그리 만만한 게 아니었다. 당할 것 다 당하고도 이직이 허락되지 않을 수도 있다고 했다. 불법체류자를 각오하기에는 그동안 쌓아 온 입지가 아까웠다. 모든 것을 하루아침에 버리기가 너무 억울했다. 메리는 스스로를 지켜야 할 방법을 찾아야 했는데 상황이 남편을 필요로 했고 미안하지만 알렉스를 끌어들일 수밖에 없었다는 것이었다.

"알렉스, 미안해."

메리는 등 뒤에서 알렉스를 꼭 안았다.

"또 있어. 미안한 사람…. 한 사람 더 있어."

말끝을 흐리며 메리는 알렉스를 더 힘주어 안았다. 알렉스는 그저 어안이 벙벙할 뿐이어서 메리가 하는 대로 내버려 두었다. 메리가 다시 알렉스를 당겨 돌아눕게 했고 마주보고 누웠다. 희미하게 새어드는 가로등 불빛에 비친 알렉스의 얼굴이 붉게 상기돼 있는 것 같았다.

"알렉스, 우리는 계약을 해야 해."

"……."

"이미 우리는 부부로 알려져 있어. 한국에서 체류하는 동안은… 우리는 부부야…. 그런데 우리 이렇게 남남처럼 살 수 있을까? 한 방을 쓰며…."

"……."

"아주 많이 생각해 봤는데… 조금 전까지도 마음의 갈등이 있기는 했어. 그런데…."

알렉스는 메리가 참 외로웠구나 싶었고 메리가 하자면 무엇이든 다 해 줘야지 싶었다.

"…처음은 아니지? 알렉스?"

어둠 속에서 메리가 먼저 알렉스의 입술을 찾았다.

"우리는 부부야. 한국에 있을 동안만. 한국을 떠나는 날, 그날부터 우리는 다시 남남이 되는 거야… 동의해 줄 수 있겠지?"

알렉스가 고개를 끄덕였다. 알렉스의 바지 혁띠를 메리가 풀었지만 알렉스는 그런 메리를 밀어내고 스스로 팬티까지 벗었다. 메리의 호흡이 점점 가빠졌고 메리가 먼저 알렉스의 목을 껴안았다. 오랫동안 굶주렸던 짐승들처럼 활활 온몸을 불태웠다. 한바탕 격렬한 태풍이 몰아치고 다시 평온을 찾았을 때였다. 메리가 차분하게 입을 열었다.

"또 한 사람, 미안하다고 했던 그 사람, 내 남편이야! 하지만 당신의 아내는 당신의 아내를 지켜 주기 위한 사람을 선택했을 뿐이라고 변명하고 싶어…. 이렇게라도 나를 보호해 주는 사람이 없을 경우 앞으로도 숱한 남자들이 나를 어찌해 보려고 덤벼들 것이고…. 그러다 혹 잘못되는 날이면 나는 다시 남편에게로 돌아가지 못할 지도 모르잖아? 더 더러운 여자로 전락할 수도 있어. 스스로 망가질지도 모른다는 거지."

호흡을 가다듬은 알렉스는 맞닿아 있는 말랑한 메리의 가슴을 힘주어 당겨 안았다.

"메리를 위한 보호자로 최선을 다할게. 그리고 난 사랑할 거야…. 한국에 있는 동안만이라도 최선을 다해 메리를 사랑할 거야."

메리는 먼 이국에서 온 가족을 위해 뼈빠지게 일하는 자신의 이런 처지를 남편만은 꼭 이해해 주기를 하나님께 기도했다. 나를 위한 일은 우리 가족을 위한 일이고 그리고 남편인 당신을 위한 일이라는 것을 이해하고 용서해 주기를 기도했다. 죽을 때까지 비밀로 하려 하는 이 사실도 용서해 주기를 빌었다.

6

옥탑방 창으로 스며드는 햇살이 엉덩이에 비칠 때까지 푹 잤다.

어둠 속에서 황급히 바지를 챙겨 입던 다니가 사라진 후에도 옆에서 잠들어 있던 신디마저 일어나 가 버렸다. 깊은 잠에 푹 빠져 있는 메리는 아직도 자리에서 일어날 기미를 보이지 않고 있다. 같은 국적의 고국 필리핀 친구들이 보여 준 우의는 아침까지도 알렉스의 가슴을 훈훈하게 했다. 많은 친구들이 룹탑을 찾아 주는 덕분에 이국이라는 느낌마저 사라졌다. 김 과장과 메리는 여전히 소원했지만 알렉스가 오고부터는 오히려 김 과장이 더 거북해하며 자리를 피한다고 했다. 힘들기만 했던 이국생활이 예기치도 않은 아름다운 꿈으로 변해 가고 있었다.

아버지 기일을 맞아 찾아 준 많은 친구들이 준비해 준 음식은 아직도 방구석에 잔뜩 쌓여 있다. 알렉스는 방문을 열고 옥탑으로 나갔다. 해가 중천에 떠 있었고 저 하늘 멀리 비행기 한 대가 날아가고 있었다. 돌아가시기 전 야윌 대로 야위었던 아버지의 모습을 이야기했더니 그런 아버지께서 아무리 아들이 차려 주는 기일상이라지만 그 먼 거리를 어찌 오시겠냐고…. 너무 힘겨워 못 오실지도 모를 거라던 메리에게 비행기를 타고 오면 되지 않겠느냐 했던 생각이 나서 피식 웃었다.

'아버지 영혼은 한국행 비행기를 타도 티켓이 필요 없잖아. 아마 누군가의 비즈니스 석에 함께 앉아 오셨을 거야.'

그런 알렉스에게 맞장구를 쳐 주며 깔깔 웃던 메리가 너무 사랑스러웠다.

"하이! 굿모닝!"

아래층 다니였다.

"껴안고 자는 두 분, 깨우기가 좀 그랬는데. 일어나셨네."

신디가 쫄래쫄래 다니를 뒤따라 들어왔다.

"산더미 같은 저 많은 저 음식, 애들이 벼르더라고. 곧 우르르 찾아올 거야."

"하이! 굿모닝!"

또 다른 친구가 옥탑으로 들어섰다. 계단을 올라오는 여러 명의 부산한 소란이 뒤를 이었다.

위
장
결
혼

마지막 계단을 올라 룹탑Roof top으로 들어섰다. 역시 듣던 대로
였다. 30여 명에 가까운 필리핀 근로자들이 여기저기에서 웅성
거리고 있었다. 입구 옥탑방에는 많은 애들이 비좁게 앉아 있었
고 군데군데 놓인 평상에도 옹기종기 모여 앉아 저마다 잘났다고
열변을 토하는 것 같았다. 혜리는 입구의 옥탑방을 곁눈질로 훑
어 살피며 평상들이 널려 있는 룹탑 안쪽으로 들어갔다.
　'누구를 찾아야 하지?'
　같은 회사에서 일하는 필리핀 근로자들이 여기로 모인다는 소
문을 들었지만 막상 누가 여기로 오고 누가 다른 곳으로 다니는
지는 알지 못했다. 다만 불법체류자 신분인 애들은 여기로 오고
합법적인 근로자들은 서울 어디로 모인다는 이야기를 얼핏 들은
것도 같았다. 어떤 평상에서는 술판이 벌어졌고 어떤 평상에서는
포커판이, 또 어떤 평상은 왁자지껄한 이야기판이 벌어지고 있
었다. 평상마다 한둘의 필리피나(필리핀 여자)들도 끼어 있었다. 혜
리는 파안대소하는 이들이 모인 평상으로 다가갔다. 혜리를 발견

한 필리피노(필리핀 남자)들이 일단 경계의 눈빛을 보냈다. 불법체류자들의 전형적인 조건반사 같은 눈빛이었다. 그때 술판이 벌어지고 있는 평상에서 한 명의 사내가 벌떡 일어나 혜리쪽으로 다가왔다. 혜리와 함께 일하는 한국어가 능통한 샤무엘이었다.

"누나, 누나가 여기를 어떻게…?"

뒤통수를 긁적이며 멋쩍어하면서도 환한 미소에 반가움이 듬뿍 배어 흘렀다.

"응, 전에 이야기했던 적이 있을 거야. 나 영어 배우잖아. 이제 실전에 들어가려고 너희들하고 대화해 보는 건 어떨까 하고…."

"웰컴! 웰컴!"

"나이스 미츠 유."

몇몇 사내들이 히죽거리며 혜리를 반겨 맞았다.

"문제는 발음이야. 샤무엘, 너 발음이…? 그게 영어 맞는가 싶기는 한데 어쨌든 대화가 가능한가부터 알아보고 내 발음은 내가 알아서 학교에서 배운 대로 할 거고 너희는 너희 식대로 해."

"누나 영어 잘해. 그 정도면 외국에 혼자 떨어트려도 밥 굶지는 않을걸?"

샤무엘은 아직도 멀었다 싶은 혜리의 영어실력을 일단 칭찬부터 해 주었다. 아주 간단한 단답형의 단어 한두 마디만으로도 의사소통이 이루어지는 게 작업 현장임을 모르는 모양이다 싶었다. 되풀이되는 똑같은 작업공정이라 똑같은 단어 한마디로도 척 알아들을 수 있는 상황인 것이었다.

혜리는 스스럼없이 샤무엘이 앉아 있던 평상으로 끼어들었다. 작업현장의 부하직원들과 대화를 나누는 것처럼 당당하게 자리를 잡았다. 얼마 남지 않은 소주가 아깝다며 홀짝거리는 필리피노들에게 오늘은 내가 쏜다고 호기도 부렸다. 혜리가 끼어들면서 점점 술판이 무르익었고 샤무엘만 수시로 건물 1층의 편의점을 쫓아다녔다. 혜리가 지폐를 꺼내면 샤무엘이 냉큼 일어나 소주를 사 왔다. 이거면 되겠지 싶어 사 온 소주가 이내 동이 나고 샤무엘은 또 1층으로 내려갔다. 필리피노들은 혜리를 여왕처럼 떠받들었고 혜리는 그런 분위기에 취했다. 혜리가 내미는 지폐의 위력도 위력이었지만 한국으로 일하러 온 불법체류자들의 입장이라는 저자세가 더욱 그랬다. 언제 직장을 잃을지도 모르는 불법체류자이다보니 혜리라는 샤무엘의 상관으로 보이는 괜찮은 한국인 한 명과 친해 두는 것도 결코 손해날 것 없다는 계산 때문이었다. 친하게 지내다 보면 어쩌면 소소한 편리쯤은 봐줄지 모른다는 막연한 기대도 한몫했다. 두어 명 끼어 있던 필리피나들은 언제 자리를 떴는지 보이지 않았다. 호기를 부리는 혜리가 꼴보기 싫었을 수도 있고 그런 혜리를 떠받들어 주는 못난 필리피나들이 한심해서일 수도 있었다.

마지막 전철을 타고 가야 할 혜리는 시계를 들여다보기 시작했다. 룹탑에서 걸어 소사역까지는 10분이면 족했다. 마지막 전철이 12시 30분, 그러니까 12시 15분에 일어서면 충분할 거라고 생각했다. 이제 집에 가야 할 시간이다 싶어 혜리는 자리에서

일어섰다. 술 체질인데다 술 마시는 흉내만 냈을 뿐이어서 취기
라곤 전혀 느끼지 못했다. 필리피노들이 뭐 벌써 일어서냐며 만
류했지만 혜리는 지폐를 꺼내 다시 몇 병의 소주를 더 마시라고
샤무엘에게 쥐어 주고 룹탑을 떠났다. 빠른 걸음으로 걸어 소사
역에 도착한 혜리는 서둘러 플랫폼을 달려올라 갔지만 소리도 요
란하게 열차는 소사역을 떠나 저만큼 달려가고 있었다. 서둘렀던
가쁜 숨을 천천히 고르고 난 혜리는 다시 터벅터벅 소사역을 빠
져나왔다. 잠깐 어디로 갈 것인가를 망설이던 혜리는 다시 룹탑
을 향해 발걸음을 돌렸다.

*****

샤무엘은 필리핀으로 돌아가지 않기로 작정했다. 불법체류
자 신세가 된 지도 이미 5년이 넘었다. 필리핀으로 돌아가 봤자
부모님 모두 돌아가시고 뿔뿔이 흩어진 연락도 제대로 되지 않
는 형제들만 있을 뿐 마땅히 갈 곳도 없었다. 한국에서 살기로
했다. 한국에 뿌리를 내리려면 한국국적을 얻어야 하고 한국국
적을 취득하려면 한국인과 결혼하는 것이 가장 빠른 좋은 방법이
라 생각했다. 한국여성과 결혼하기 위해서라도 한국어에 능숙해
지는 것이 필수지만 한국에 머물러 살기 위한 것만으로도 한국어
에는 능통해야 했다. 샤무엘은 죽기 살기로 한국어 공부에 매진

했다. 낱말 하나하나씩을 외우고 낱말의 의미를 파악하기보다는 문장위주로 통틀어 외웠다. 발음은 어디에다 악센트를 두어야 하는지에 초점을 두었다. 통틀어 외우는 문장은 어떤 억양이어야 하는지에 더 관심을 가지고 연습했다. 시간이 날 때마다 회사 동료들과 되도록이면 많은 이야기를 나누려 애썼다. 발음이 조금 서툴러도 전체문장의 억양이 정확하면 더 빨리 이해하는 것 같다는 것도 그때 알았다. 제법 그럴듯한 한국어를 구사할 때마다 엄지를 치켜 칭찬해 주는 동료들을 보면 신이 났다. 관심이 가는 한국어를 물어볼라치면 그때마다 그렇게 열심히 한국어 배워서 뭐에 쓰려 하느냐는 핀잔도 많이 들었다. 한국어에 제법 자신이 붙자 회사 내 한국여자들에게 들이대 보기 시작했다. 나이가 제법 많은 한 번 다녀온 혼자 사는 아주머니, 결혼하지 못한 얼굴 별로인 올드미스, 그리고 아이가 딸린 이혼한 7살 연상의 아주머니 등, 외로울 수도 있다는 여자들에게 은근슬쩍 다가가 봤지만 모두 별꼴이라는 반응이었다. 아예 접근조차도 못 하게 하며 주제파악이나 제대로 하라는 뒷담화만 들었다. 하지만 샤무엘은 물러서지 않았다. 몇 년이 걸리더라도 결코 포기하지 않을 거라는 각오를 다지고 또 다졌다.

'난 기어코 한국인으로 남아 있을 거야!'

소사역에서 다시 룸탑으로 돌아가던 혜리는 모텔로 갈까도 해봤지만 아무래도 룸탑이 더 좋겠다 싶었다. 어차피 내일은 일요일이어서 오늘 밤을 샌다고 한들 별 무리도 없을 것이었다. 거기에다 여왕처럼 떠받들어 주는 필리피노도 필리피노지만 어설프기만 한 자신의 영어실력으로 의사소통이 이루어진다는 사실이 너무 좋아서였다. 토요일이면 으레 늦게까지 논다는 이야기도 들었겠다 다시 돌아가 함께 어울리며 밤새워 이야기라도 해 보고 싶었다. 자정이 가까워진 거리는 한산했고 오가는 사람도 거의 보이지 않았다. 한참을 걸어서 룹탑이 있는 건물에 도착할 무렵이었다. 그 건물 일층 편의점에서 술이 거나한 사내가 비틀거리며 나왔다. 혜리는 천천히 그 사내 옆을 지났다. 그때였다. 사내가 갑자기 혜리의 손목을 낚아챘다.

"이봐, 어디 가?"

아주 친한 잘 알고 있는 사이인 양 접근해 왔다. 깜짝 놀란 혜리는 부랴부랴 사내의 손을 뿌리치려 했지만 사내의 힘이 너무 강했다. 한술 더 떠 사내가 혜리를 끌어당겨 안았다.

"나야. 나! 나 몰라?"

얼굴을 들이대더니 입술을 내밀었다. 술 냄새가 코를 찔렀다. 당황하던 혜리는 남자의 급소를 냅다 찼다. 평소 배워 둔 호신술을 처음으로 써먹어 본 셈이었다. 하지만 혜리의 발끝은 남자의 급소를 비껴 넓적다리에 명중했다. 사내가 약간 움찔했으나 혜리의 손목은 놓아 주지 않았다.

"야! 이 손 못 놔."

혜리가 비명을 지르자 사내는 다른 한 손으로 혜리의 입을 틀어막고 건물 옆 골목으로 끌고 들어가려 했다. 만취해 있는 것 같지가 않았다.

"읍! 읍!"

그때 편의점에서 또 한 명의 사내가 문을 열고 나왔다. 사내와 혜리가 밀고 당기는 모습을 보고도 그냥 스쳐 지나려 했다. 아마도 연인들끼리의 사랑싸움 정도로 취급하는 모양이었다. 그런데 그 편의점에 나온 사내가…? 혜리는 온 힘을 당해 땅으로 벌러덩 주저 물러앉았다. 혜리의 입을 틀어막고 있던 사내의 손이 혜리의 입에서 떨어져 나갔다. 하지만 혜리의 손목은 죽어라 잡고 있었다.

"샤무엘! 샤무엘, 나 좀 도와줘."

혜리가 고함을 질렀다. 편의점에서 나온 남자가 다행히 샤무엘이었고 순간 혜리는 죽을힘을 다해 샤무엘을 불렀다. 샤무엘이 쭈뼛거리며 다가왔다.

"꺼져. 내 걸 프렌드야. 우리끼리 사소한 일로 다투는 거니까."

한국말이 익숙한 샤무엘은 주춤했다. 사내가 다시 혜리의 입을 틀어막고 끌어당겼다. 아무래도 뭔가 이상하다 싶어 샤무엘이 나섰다.

"말로 하시죠. 걸 프렌드라며…."

"새끼야. 꺼지라니까."

사내가 샤무엘을 노려보며 큰소리를 치는 순간 혜리는 재빨리 사내의 손을 비틀었다. 사내가 주춤하며 혜리의 손을 놓치자 혜리는 재빨리 샤무엘의 등 뒤로 몸을 피했다.

"샤무엘, 저 놈, 모르는 놈이야."

가쁜 숨을 몰아쉬며 혜리가 속삭였다. 샤무엘은 양팔을 벌려 다가오는 사내를 막아섰다.

"새꺄! 간섭 말고 꺼지라니까."

사내가 주먹으로 샤무엘의 턱을 후려 갈겼고 샤무엘은 그 자리에서 흐물흐물 주저 물러앉았다. 급소를 맞은 모양이었다. 그때였다. 한 무리의 룹탑 필리피노들이 건물 현관으로부터 우르르 쏟아져 나왔다. 고함이 룹탑까지 들렸던 모양이었다.

"무슨 일이야. 무슨 일인데 샤무엘…."

사태가 심상치 않다는 걸 눈치챈 사내놈이 줄행랑을 쳤다. 전혀 술 취한 사람으로 보이지 않을 정도의 날쌘 줄행랑이었다. 혜리는 필리피노들의 호위를 받으며 다시 룹탑으로 올라갔다. 룹탑의 필리피노들은 아직까지도 초저녁처럼 붐볐다. 샤무엘이 혜리를 룹탑방(옥탑방)으로 안내했고 사건의 자초지종을 들은 룹탑방 주인 메리와 알렉스가 서둘러 혜리를 방 안으로 들였다. 좀 눕고 싶다는 혜리에게 맨 안쪽 공간에 자리를 준비해 주었고 혜리는 일단 자리에 누웠다. 샤무엘이 괜찮으냐며 몇 번 들락거리는 동안 혜리는 살풋 잠이 들었고 그런 혜리를 위해서라며 알렉스와 메리는 방 안 친구들을 모두 방 밖 평상으로 몰아냈다.

토요일 밤을 룹탑에서 자고 돌아온 혜리는 일요일 내내 집 안에서만 시간을 보냈다. 잠을 설친 탓에 일단 잠부터 늘어지게 잤다. 별로 관심도 없던 샤무엘이 친절하게 챙겨 줘서 고맙다는 생각이 들기는 했다. 어설프게나마 의사소통이 이루어지는 자신의 영어실력이 대견했고 이제 정말로 영어 한번 제대로 공부해서 해외여행이라도 실컷 다녀야겠다 싶었다.

혜리는 결혼 3개월 만에 이혼한 돌아온 싱글이었다. 사람의 내면은 정말 알 수 없는 것이어서 그렇게도 다정다감하던 남편의 속내를 이혼을 생각하면서 처음 알았다. 이혼을 결심하고 나서야 비로소 보이지 않던 남편의 아집이 보이기 시작했다. 매사 자기가 옳았고 잘못된 일은 반드시 혜리가 문제였다는 것이었다. 혜리는 조금만 더 노력해 보자며 모르는 척 참고 살았다. 남편이 저지른 큰 잘못마저 다투는 게 싫어 참아보자며 눈감고 지냈다. 아직 서로를 맞추어 가는 과정이니 남편도 곧 이해할 수 있으리라 믿었다.

"야, 임마! 마누라는 길들이기 마련이야. 우리끼리 얘기지만 마른명태와 마누라는 두들길수록 부드러워진다는 옛말이 있어. 경우에 따라서는 줘 패!"

우연히 거의 같은 시기에 결혼한 친구와 통화하는 것을 들었다.

'줘 패라고…? 심한 거 아니야.'

그러면서도 혜리는 친구에게 으스대고 싶은 남편이 친구 너보다는 내가 더 잘났다는 어설픈 자랑을 하는 거라 믿었다. 그런데 정말로 사건이 터지고 말았다. 사사건건 트집을 잡던 남편이 그날은 거실 옆 화장실 사용문제로 또 트집을 잡기 시작했다. 샤워를 했으면 모든 집기며 세제를 자기가 놓아두었던 위치에 그대로 다시 놓아둘 것이지 여기저기 위치를 달리해 두면 어쩌자는 것이었다. 그게 무슨 큰 문제라고 그러느냐는 혜리에게 또 벌컥 화부터 냈다. 화낼 일이 아니지 않느냐며 달래려는 혜리에게 우르르 다가온 남편이 혜리의 면전에다 주먹을 쥐고 흔들어댔다. 어이가 없어 하던 혜리도 폭발하고 말았다. 바짝 얼굴을 들이댔다. 서로 살아온 환경의 차이를 극복하려 무던히도 노력했는데 조금도 진전이 없다 싶어서 더 화가 치밀었다.

"치겠다고? 그런 일로 마누라 치겠다고? …쳐 봐! 쳐."

"이게…. 어디서 대꾸야. 대꾸가…."

"그래서…. 입 다문 벙어리하고 살겠다고…? 그러시든지…. 참 나 원!"

순간이었다. 혜리의 눈에서 번쩍 불꽃이 튀었다. 별이 반짝 보였다가 사라지는 것도 같았다. 혜리는 얼굴을 감싸고 그 자리에서 푹 쓰러졌다. 턱을 맞은 것 같았는데 턱이 아프지는 않고 팽그르르 어지러워 자신도 모르게 쓰러져 버린 것이었다. 가만히 눈을 떠 봤지만 눈앞이 캄캄했고 아무것도 보이지 않았다. 한참을 그렇게 그 자리에 쓰러져 있는데 남편은 계속 씩씩거리고만 있었다. 차츰 물체가 보이기 시작했고 시야가 정상으로 돌아오자 혜리는 천천히 일어나 얼굴을 감싼 체 조용히 소파로 가 앉았다.

"거 봐. 내가 뭐랬어. 닥치라고 했잖아."

톤이 조금 낮아지기는 했지만 남편은 의기양양해했다. 눈물이 주르르 흘렀다. 달려들어 멱살을 잡고 너 죽고 나 죽자고 대들까 하다가…, 이건 아니다 싶었다. 무서워서가 아니라 다툴 가치가 없는 남자다 싶어서였다. 갑자기 이런 남자와 이렇게 싸우면서까지 살아야 한다는 것이 커다란 두려움으로 다가왔다. 약한 모습을 보이는 게 싫어서 일부러 태연하려 애썼다. 다투어서라도 접점을 찾아 괜찮아질 남자는 절대 아니라는 생각도 들었다. 이게 이 남자의 실체로구나, 그렇게도 잘 이해해 주던 남자의 실체가 바로 이런 것이었구나 싶었다. 괜찮아질 남자라면 온몸에 멍이 들더라도 한판 붙어 보겠지만 그럴 가치는 추호도 없는 남자라는 결론이 났다. 꽤나 길었던 연애시절 왜 이런 이 남자를 발견하지 못했는지 바보 같았던 자신이 오히려 한심했다. 소파에 머리를 기대며 눈을 감고 아무런 이야기도 하지 않았다. 남편이 슬그머니 현관문을 열고 나가는 소리가 들렸다.

"경고야. 앞으로 잘하라는…."

그리고 현관문이 쾅 닫혔다. 남편은 저녁 늦게까지 돌아오지 않았다. 그리고 아침까지도 돌아오지 않았다. 혜리는 새벽부터 짐을 챙겼다. 겨우 3개월 함께 살았을 뿐이니 그렇게 정리할 짐도 별로 없었다. 이 모든 게 연애시절 남편의 속내를 빨리 간파하지 못한 자신의 탓일 뿐이라며 혜리는 이혼을 결정했다.

일요일 내내 집 안에서만 빈둥거리던 혜리는 월요일 아침, 일찍 출근했다. 푹 쉬어서인지 몸이 가뿐했고 머리도 상쾌했다. 혜리는 디자인실 실장이었다. 시간이 나거나 현장이 바쁠 때는 현장일도 곧잘 해내는 사내 인재였다. 10시가 조금 넘어서 현장을 한 바퀴 돌았다. 그제야 토요일 밤 룹탑에서 있었던 일이 떠올랐고 필리피노들에게 어떤 모습으로 보였는지가 궁금했다. 샤무엘이 근무하는 공무실에도 들렀다.

"Hi, good morning!"

샤무엘이 멀리서 미소를 보내며 빙그레 웃었다. 그런데 샤무엘의 얼굴이 달라 보였다. 머리를 꾸벅 숙여 인사하는 얼굴 한쪽 턱이 어딘가 이상하다 싶었다. 가깝게 다가가 살펴본 샤무엘의 얼굴 한쪽 턱은 푸르딩딩한 멍이 들어 잔뜩 부어올라 있었다. 그제야 혜리는 토요일 밤 늦게 룹탑 앞에서 만난 치한이 샤무엘의 얼굴을 가격했던 기억이 떠올랐다. 그저 한 대 맞았나 보다 했는데 저렇게까지 퉁퉁 부어 있을 정도라고는 전혀 짐작도 못했다. 남편에게 턱을 한 대 얻어맞고 어지럽기까지 했던 그때도 턱이 부어오르지는 않았었는데 저 정도면 된통 심하게 맞았구나 싶었다.

"에구! 어쩌니…? 많이 아프겠다!"

"괜찮아요. 안 아픕니다."

회사 내에서라 샤무엘의 말투가 누나라며 찰싹 달라붙던 것과는 달리 사무적이었다. 혜리는 갑자기 마음이 짠해 왔다. 저렇게 얼굴이 부어오르도록 맞고도 아무런 이야기도 안하다니…. 거기에다 혜리 자신 때문에 얻어맞은 것이고 보면 그냥 못 본 체할 수만도 없을 것 같았다.

"샤무엘 안 되겠다. 병원 가 봐야겠다."

"No problem. No problem."

샤무엘이 미소를 지며 손을 휘이휘이 저었다. 조금 이따가 점심시간이라도 병원에는 꼭 함께 가보기로 약속하고 현장을 돌아나왔다. 혜리는 그런 샤무엘이 마음씀씀이도 듬직한 참 착한사람이다 싶어 새삼 다시 챙겨 보기로 했다. 까무잡잡한 동남아 가난한 나라의 배우지 못한 천박한 애들이라고만 생각해 왔는데 기대 이상의 착한 애들도 있다는 것을 비로소 알았다.

샤무엘 얼굴에서 붓기가 많이 빠진 며칠 뒤에야 혜리는 고급 레스토랑에서 저녁 한 끼를 샀다. 그리고 어색해하는 샤무엘에게 전혀 부담 갖지 말라며 커피숍에도 들렀다. 우선 샤무엘의 한국어 실력을 칭찬했다. 그리고 외국어를 빨리 익히는 비결이 뭐냐고 물었고 죽어라고 열심히 하는 것뿐이라는 너무도 당연한 샤무엘의 대답을 듣고 혜리는 피식 웃었다. 앞으로 룸탑에서라도 자주 만나 서로 다른 언어를 함께 공부하자 했다. 하루는 영어로만 또 하루는 한국어로만 소통하기로 한다는 것도 합의했다.

샤무엘의 희망이 돈 많이 벌어서 고국으로 돌아가 편하게 사는 것인 줄 알았다. 그런데 그의 소원은 한국에서 영원히 살다 죽는 것이라고 해서 혜리는 깜짝 놀랐다. 거기에다 사회로부터 소외받고 있는 외로운 사람과 결혼해 살고 싶다는 것이었다. 외롭게 사는 불우한 사람을 결혼상대로 찾는 것은 결혼하기 쉬운 상대를 구하자는 것 아니냐는 혜리의 지적에 그런 면도 없잖아 있기는 있다고 했다. 하지만 그렇게 한국에 살게 해 주는 그 고마움만으로도 그런 사람 위해 평생을 바치고 싶다고 했다. 샤무엘에게는 한국에 살게 해 주는 그것만큼 절실하고 고마운 일도 없기 때문이라는 것이었다.

'글쎄다.'

혜리는 샤무엘만의 꿈이고 희망사항일 뿐, 결코 쉬운 일은 아니다 싶었다. 샤무엘에게는 절실했지만 혜리에게는 그저 스쳐지나는 샤무엘의 간절한 소망일 뿐이었다. 오다 가다 어디 샤무엘과 어울리는 조건의 사람이 눈에 띈다면 한 번쯤 연결해 줘야겠다는 생각이 들기는 했다. 샤무엘의 한국어 실력은 거의 한국 사람이라고 해도 과언이 아닐 정도로 발전했다. 시장에 들러 물건을 고르고 값을 흥정하는 것을 볼 때면 흠잡을 데 없는 한국인 그대로였다. 이대로라면 샤무엘 스스로 한국인 아내를 만날 기회를 만들어 낼 수도 있다 싶었다. 혜리만 영어실력이 늘지 않았다. 단어의 나열만으로도 척척 알아듣는 반은 한국인인 룹탑 필리피노들을 상대하며 자신의 영어 실력이 대단하다고 생각하는 혜리만 문제였다.

그렇게도 밝고 활기차던 샤무엘이 갑자기 맥이 빠져 축 처져 지내는 게 보였다. 혜리가 무슨 일이냐고 물었지만 아무 일도 아니라고 했다. 며칠이 지나도록 여전히 풀 죽어 있는 샤무엘이 걱정스러워 혜리는 몇 번이고 무슨 일이냐고 다그쳐 물었지만 역시 아무런 일이 아니라고만 했다. 쬐금 컨디션이 좋지 않은 때문이라며 곧 좋아질 거라고 했다. 무슨 가벼운 마음 쓸 일이 생긴 것으로 취급하기로 했다. 그런 샤무엘에게는 더 이상 관심두지 않고 부지런히 룹탑을 다녔다. 토요일이면 으레 룹탑에 가 시간을 보내는 것이 혜리의 일상이 됐다. 룹탑의 필리핀 친구들 역시 그런 혜리가 나타나지 않으면 몹시 서운해할 정도로 친근해졌다.

혜리가 좀 일찍 룹탑을 방문했던 날이었다. 룹탑은 아직 조용했고 옥탑방 주인 메리 혼자서 룹탑을 지키고 있었다. 처음으로 여자만 단둘이 커피를 마시며 호젓하게 이야기를 나눌 수 있었다.

"요즘 샤무엘이 영 기가 팍 죽어 있어."

"그러게요. 몇 년 동안 모은 돈인데…."

이건 또 무슨 소리란가? 몇 년 동안 모은 돈이라니? 혜리는 돈 때문이라는 메리의 이야기에 귀가 번쩍 띄었다.

"돈 때문이라니…? 그게 무슨 소린데…."

같은 회사에 같이 근무하면서 아직도 모르느냐는 의아한 눈빛으로 혜리를 바라보던 메리가 천천히 입을 열었다.

"샤무엘이 사기를 당한 거죠. 샤무엘 잘못이 더 크지만…."

이해가 잘되지 않는 부분에서는 묻고 다시 또 물었다. 한국국

적을 얻어 한국에 살아야겠다고 벼르는 샤무엘에게 어떤 한국여
자가 접근해 왔다고 했다. 그리고 한동안 자신보다 나이가 몇 살
이나 위인 그 여자와 데이트를 하더라는 것이었다. 둘이 사귀는
것은 아니었고 수수료 겸 충분한 비용만 지불해 주면 샤무엘의
한국국적 취득을 도와준다고 하기 때문이라고 했다. 그 여자는
뻔질나게 샤무엘을 찾아왔다. 못 믿겠다는 샤무엘을 자신의 집으
로 데리고 가 거처를 확인해 주었고 주민등록증을 보여 주며 공
인된 주소도 확인시켜 주었다고 했다. 이웃사람들에게 물어보라
더니 이웃을 동원해 신원이 확실한 믿을 수 있는 사람이라는 것
도 확인해 주더라고 했다. 처음에는 착수금이라며 얼마 가져가고
다음에는 수속에 필요하다며, 그리고 마지막에는 혼인신고가 된
가족관계증명서를 들고 와서는 몇 년 동안 모은 샤무엘의 적금통
장을 톡톡 털어 갔다는 것이었다. 몇몇 한국 사람들에게 보여 주
며 확인까지 거친 가족관계증명서가 가짜라는 것을 알게 된 것은
그러고도 한참 후였다. 샤무엘은 까무러칠 정도로 기겁을 하며
그 여자의 집을 찾아갔으나 이미 어디론가 이사를 가 종적을 감
추었더라고 했다. 한국인의 도움으로 이사 간 주소를 확인해 찾
아갔지만 그 주소지에는 엉뚱한 사람이 살고 있더라는 것이었다.

"샤무엘 포기해. 한국에 살고 싶으면 그냥 숨어 살다가 운이
좋으면 한국에 살 것이고 그렇지 않고 단속에 걸리는 날이면 필
리피노 되는 거지 뭐. 안 그래?"

워낙 비밀리에 진행된 일이어서 필리핀 친구들도 전혀 모르다

가 일이 터지고 나서야 알게 됐다고 했다. 함께 심각해할 수도 없는 것이어서 농담으로 위로해 줄 수밖에 없었다고 했다. 도를 넘은 샤무엘의 집착이 미친 짓이라고 수군거리기는 친구도 많았다고 했다. 하지만 이 일은 필리핀 동료들만 아는 것으로 하고 한국인에게는 비밀로 해 달라 했으며 특히 혜리에게는 절대 비밀로 해 달라고 신신당부했다는 것이었다. 혜리 실장님이 알면 인간대접해 주지 않을지도 모른다는 쥐구멍이라도 찾아야 할 부끄러움 때문이라고 했다. 중요한 것은 10년이 걸리던 20년이 걸리던 다시 돈 모아서 반드시 한국국적을 취득해 한국에 살 거라는 샤무엘의 집념이었다. 이번이 처음이라면 그나마 다행인데 샤무엘은 이미 이전에도 또 한 번 비슷한 일을 당한 적이 있기 때문에 정말 큰 문제가 아닐 수 없다고도 했다. 약속대로 비밀로 하려다가 샤무엘과 친하게 지내는 혜리 실장이니까 정신 좀 차리고 실속 있게 살아가라고 조언 좀 해 달라는 의미라고 메리는 멋쩍게 웃어 보였다. 샤무엘에게는 계속 모른 척 해달라는 부탁은 몇 번이나 더 되풀이했다. 그렇게 보지 않았는데 그런 맹한 구석도 있구나 싶기는 했다. 하지만 샤무엘의 보호자인 것도 아니고 괜한 한마디 거들었다가 샤무엘과 뻘쭘한 사이가 되어 룹탑마저 드나들기 거북할 수도 있을 것 같아 혜리는 아무것도 모르는 척하기로 했다.

"샤무엘. 왜 요즘 꺼부죽 해. 애인하고 헤어졌어?"

혜리는 곧이어 나타난 샤무엘의 어깨를 툭툭 쳐 주는 걸로 샤무엘을 위로해 줄 수밖에 없었다.

더위가 시작되면서 혜리가 근무하는 디자인실 벽걸이형 에어컨이 제대로 작동하지 않았다. 뜨듯한 바람이 쏟아져 나오다가 그나마 그 바람마저 나오지 않는 먹통이 되기도 했다. 회사에서 즉시 바꿔 주기로 하긴 했는데 에어컨 대리점은 밀린 일감이 많아 아직도 일주일은 더 기다려야 한다고 했다. 일주일 후라야 에어컨을 달아 줄 수 있다는 그날은 아침부터 햇볕이 뜨거웠고 뜨거운 햇빛만큼이나 사무실이 후끈 달아올라 있었다. 일주일이면 아직도 멀었는데 혜리는 치밀어 오르는 짜증을 견디지 못해 안절부절못했다. 아침나절은 그런대로 견딜 만했는데 정오가 가까워지면서는 도저히 견딜 수가 없었다. 짐 싸들고 에어컨 빵빵하게 나오는 경리과 사무실로 가 볼까도 했지만 경리과에는 너절하게 펴 놓고 디자인할 공간이 없었다. 점심식사를 마치고 사무실로 돌아오려는데 식사를 마친 샤무엘이 휴게실로 가고 있었다.

'안 되겠어. 아무래도 에어컨을 한번 체크해 봐야지.'

샤무엘을 불러 세웠다. 언젠가 샤무엘이 전기과 전공의 학사 출신이라는 소리를 들은 기억이 떠올라서였다. 룹탑을 왕래하면서부터 가깝게 지내는 데다 언제 어떤 부탁이든 척척 들어줘서 만만해서이기도 했다. 에어컨 좀 봐 달라는 혜리에게 샤무엘은 에어컨은 전공이 아니어서 잘 모른다고 했다. 하지만 혜리는 접촉부분이 이상하거나 어디 선 연결이 끊어졌을지도 모르니 그런 거라도 한번 봐 달라고 졸랐다. 그 튼실한 전선이 끊어질 리는 절대 없을 거라는 샤무엘에게 그냥 툭툭 쳐 보기라도 해 달라고 또 졸라댔다. 별 의미가 없을 거라면서도 샤무엘이 꽤 높은 의자를 찾아왔다. 둥그런 원통형의 등받이가 없는 의자였다. 벽에 걸린 에어컨 높이가 가정집에 설치해 놓은 것보다 훨씬 더 높아서 등받이 의자로는 낮을 것 같아서였다. 샤무엘이 의자로 올라가고 혜리는 엉거주춤 샤무엘이 넘어지지 않게 양손으로 의자를 부축해 잡았다. 샤무엘이 겨우겨우 중심을 잡으면서 의자에 올라갔다. 한 손으로 벽을 의지한 채 다른 한 손으로 에어컨을 잡았다. 그런데 그 순간, 에어컨이 툭 떨어졌다. 고정 핀이 이미 빠져 있는 상태여서 에어컨을 건드리기 바쁘게 툭 떨어진 것이었다. 에어컨은 의자를 붙들고 서 있는 혜리의 머리 위를 향했다. 놀란 샤무엘이 순간 혜리의 머리가 보이는 방향으로 자신의 어깨를 가져다 받쳤다.

"으-악!"

찰나의 순간이었다. 에어컨이 샤무엘의 어깨를 강타했고 샤무엘은 혜리의 머리를 감싸고 바닥으로 떨어졌다. 튕겨 나가던 에어컨이 다시 샤무엘의 정강이를 치고 바닥으로 떨어졌다. 혜리를 안고 바닥으로 떨어지던 샤무엘은 혜리의 머리가 바닥에 부딪칠세라 최대한 자신의 몸을 비틀어 떨어졌다. 다행히 혜리는 그런 샤무엘의 몸통 위로 샤무엘을 깔아뭉개며 바닥으로 나동그라졌다. 샤무엘이 혜리의 안전부터 챙겼다.

"실장님, 괜찮으세요?"

"……?"

혜리가 머리를 감싸고 일어섰다. 그렇게 아파하지 않는 표정이어서 다행이다 싶었다. 놀란 샤무엘은 한 번 더 혜리의 안전을 확인했고 혜리의 안전이 확인되고 나자 비로소 자신의 어깨와 다리에 심한 통증이 일고 있음을 알았다. 어깨와 다리에 큰 상처를 입은 모양이었다. 혜리가 구급차를 불렀고 샤무엘은 구급차에 실려 병원으로 향했다. 어깨 골절상과 다리 정강이에도 금이 가 있다고 했다.

'샤무엘이 머리를 감싸 주지 않았더라면 그래서 에어컨이 내 머리에 정통으로 떨어졌다면….'

응급처치가 거의 끝나자 정신을 차린 혜리는 치를 떨었다. 어깨뼈가 부러지고 정강이에 금이 가도록 자신의 머리를 부둥켜안아 준 샤무엘이 너무 고마웠다. 별로 내키지 않아 하는 샤무엘에게 억지 일을 시킨 자신의 책임이 크다 싶어 너무 많이 미안했다.

샤무엘이 입원해 있는 동안 혜리는 거의 매일 병원을 찾았다. 먹을 것도 챙기고 이야기도 들어 주었다. 한국인이 되기 위한 샤무엘의 집착이 어느 정도인지도 비로소 알았다. 근 한 달이 다 지나서야 샤무엘은 목발을 집고 퇴원했다. 퇴원기념이라며 혜리는 샤무엘을 데리고 고급식당을 찾았다. 빨리 건강 회복해서 열심히 살아야 한다는 인사치례로 고마움을 전했다.

"샤무엘, 한국여자가 혼인신고만 해 주면 한국국적을 취득할 수 있는 거야?"

샤무엘이 엉거주춤 또 송구스럽다는 표정을 지었다.

"그렇긴 하지만⋯. 실제로 결혼하는 게 아니고 그냥 혼인신고만 해 주었다가 한국국적을 취득한 뒤에 다시 이혼하는 것으로 하면 되는데⋯. 쉽지가 않더라구요."

"내가 해 줄까?"

샤무엘은 깜짝 놀랐다. 혹시 잘못 들은 건 아닌지 귀를 의심했다. 그러면서도 다른 사람은 몰라도 혜리는 아니다 싶었다.

"아뇨. 실장님은 안 됩니다. 절대로⋯. 실장님이라면 제가 사양합니다."

"그렇겠지. 사실은 나도 아니야. 샤무엘이 워낙 간절하게 원한다 해서 그냥 한번 해 본 소리야."

침묵이 흘렀다. 식사가 끝나도록 별 이야기를 나누지도 못하면서 분위기만 서먹해졌다. 식사를 마치고 식당을 나와 헤어지면서 혜리가 샤무엘의 손을 꼭 잡아 주었다.

"샤무엘, 위장결혼 심각하게 고민 한번 해 볼게."

*****

혼인신고를 하는 데만도 꽤나 많은 시간이 걸렸다. 국제결혼 혼인신고가 이렇게 절차가 복잡하고 많은 시간이 걸리는 줄 알았더라면 아예 시작도 안했을 텐데 싶었다. 번역을 해서 공증을 받고 대사관을 들르고…. 목마른 놈 샘 판다고 샤무엘이 온갖 궂은 일을 도맡아 했다. 혜리는 명의만 빌려주기 때문이어서 해 달라는 서류만 구비해 주었다. 어쩌면 한국인이 되고 싶은 샤무엘에게 혜리가 베푸는 은혜인 것이어서 혜리가 해야 할 일도 할 수만 있다면 샤무엘이 쫓아다녔다. 3개월 만에 이혼할 거면 하지 말았어야 하는 혼인신고도 이미 해 봤던 혜리인지라 크게 부담이 가지는 않았다. 호적에는 이미 돌아온 싱글로 돼 있어서 또 한 번 혼인신고를 한들 대수냐 하는 거였다. 둘만의 비밀이었고 비밀을 누설할 경우 그날로 모든 절차를 중단하기로 한 약속도 있는지라 둘 외에는 아무도 눈치채지 못하는 극비의 혼인신고였다.

그날 그 에어컨 사건만 떠오르면 혜리는 아까울 것이 없었다. 어깨뼈가 깨지고 다리에 금이 가면서까지 자신을 보호해 준 샤무엘이 너무 고마워서였다. 혜리의 머리 위로 떨어지는 에어컨을 샤무엘이 막아 주지 않았더라면…? 생각만 해도 끔찍했다. 샤무엘에게 무엇으로 보답하는 게 좋을까를 고민하다가 갑자기 위장결혼 이야기가 떠올랐다. 샤무엘의 통장을 털어 달아났다는 어떤 아주머니의 사기 위장결혼 이야기였다. 그렇게도 샤무엘이 원하는 것이라면 서류로만 하는 위장결혼쯤은 해 줄 수도 있잖은가 싶었다. 시간이 지나다 보면 마음이 변할지도 모른다는 생각이 든 혜리는 샤무엘과의 위장결혼을 서두르기로 했다.

룹탑에서는 위장결혼에 관한 많은 정보들이 오갔다. 관계기관에서 서류만으로 이루어진 위장결혼인가를 몇 번이나 확인한다는 것이었고 둘이 함께 살고 있는지를 불시에 확인할 수도 있다고 했다. 대부분의 위장결혼은 그때 들통이 나타난다고도 했다. 그렇다고 혜리와 함께 동거할 수는 없는 것이어서 샤무엘은 끙끙 가슴만 태웠다.

　그로부터 며칠이 지나서였다. 혜리가 룹탑의 메리에게 들었다며 샤무엘의 짐을 혜리네 집으로 옮기라고 했다. 짐이라야 그냥 커다란 캐리어 가방에 들어 있는 옷가지 몇 벌뿐이지만 그거라도 일단은 혜리네로 옮기자는 것이었다. 옷가지가 함께 걸려 있는 것만으로도 서류만의 결혼이 아닌 동거를 충분히 인정해 주지 않겠느냐는 이유 때문이었다. 샤무엘은 뛸 듯이 기뻤다. 어쩌면 반신반의하던 한국국적을 이번에는 정말로 취득하게 될지도 모른다는 기대가 현실로 다가왔기 때문이기도 했다. 혜리네 집으로 옮겨진 샤무엘의 옷가지가 세탁기를 거쳐 혜리의 옷장 사이사이에 걸렸다. 누가 봐도 함께 사는 게 틀림없어 보였다. 하지만 샤무엘은 여전히 자신의 반지하 셋방에서 기거했다. 완벽한 위장을 위해서는 혜리네로 들어가 따로 방을 쓰면서라도 함께 기거하고 싶었지만 언감생심이었다. 혜리가 혹시 필요하거나 도움될 만한 일 있으면 언제라도 이야기하라 했지만 샤무엘은 딱 잘라 없다고만 했다.

　'물거품이어도 좋다. 실장님의 고마운 마음만 받자.'

방 따로 쓰면서 국적 취득할 때까지만 같은 집에 있게 해 줄 수 있느냐는 말이 혀끝에서 뱅뱅 돌았지만 샤무엘은 입을 굳게 다물었다.

출입국관리사무소의 단속반이 샤무엘네 옆 공장을 덮쳤다. 같은 공장에 근무하는 사람들끼리 트러블이 있었고 불법체류자인 외국인 근로자와 주먹다짐까지 번지자 불법체류자가 일하고 있다고 신고를 한 때문이라 했다. 외국인 근로자는 일방적으로 두들겨 맞았고 다친 곳도 없는 동료 한국인 근로자가 홧김에 신고한 것이라 했다. 그런데 놀란 다른 불법체류자가 공장 지붕을 타고 달아나려다 추락해 큰 부상을 입었다는 소식도 전해 들었다. 샤무엘네 공장에 긴장이 감돌았다. 단속반은 일단 철수했지만 언제 다시 샤무엘네 공장도 급습할지 모른다면서 불법체류자들이 웅성거리기 시작했다. 어떤 애들은 다른 공장으로 잠적해야겠다고도 했다. 샤무엘이 나서서 다른 공장으로 간다 한들 거기도 치외법권 있는 곳 아니지 않느냐며 만류했지만 마음이 개운하지는 않았다. 저녁나절 샤무엘은 혹시나 싶어 옥상 깊숙한 곳에 숨겨 둔 줄사다리를 꺼내 챙겨 봤다. 단속반이 오면 옥상으로 올라가 옥상문을 잠그고 설치돼 있는 완강기형 탈출로를 이용해 도망갈 계획이었다. 줄사다리 걸치는 데 시간이 걸린다 싶으면 가스배관을 타고 도망갈 또 다른 계획도 머릿속에 구상해 두었다.

"샤무엘 어디야?"

다른 사람보다 늦게 잔업까지 마치고 퇴근하려는데 혜리로부터 전화가 왔다.

"아직 공장인데요."

"그럼 곧바로 우리 집으로 와."

샤무엘은 괜히 긴장하기 시작했다. 오늘 옆 공장에서 이루어진 단속반들 이야기를 듣고 놀라던 혜리가 위장결혼 문제를 없었던 것으로 파기할 것 같다는 예감이 들어서였다. 서둘러 도착한 혜리네 집이 서먹했다. 벨을 누르고 안으로 들어섰다. 한두 번 와보기는 했지만 어렵기는 여전했다. 심각해 보이는 혜리가 억지 미소로 반겨 주는 것 같았다.

"밥은 먹었지?"

"네, 회사에서 먹었습니다."

"안 먹었다 해도 밥은 없어. 그냥 빵은 있어. 배고프면 더 먹어도 돼."

"아뇨. 전혀 배고프지 않습니다."

누나라고 따르며 던지던 반말 투가 깍듯한 존대어로 바뀌어 있었다. 어떤 말이 나올까 두렵기만 한 샤무엘은 그냥 혜리의 눈치만 살폈다.

"일단은 오늘 여기서 자야 돼. 왜냐하면 야간단속이 있다는 정보가 있어. 기숙사 다른 사람 앞세워 니네 집으로 쳐들어갈 수도 있다는 생각이 드는 거야."

"……?"

"먼저 욕실에 가서 씻고 작은 방에서 자. 침대가 아닌 방바닥 잠이 불편하면 여기 거실 소파에서 자도 괜찮아."

미리 겁먹었던 것과는 다른 이야기여서 일단은 마음이 놓였다. 그러면서도 어쩌면 이렇게 이야기를 시작할 수밖에 없을 혜리여서 본론은 아직 더 기다려 봐야 한다는 긴장은 해소되지 않았다.

"난 먼저 잘 거니까 알아서 씻고 자."

혜리가 침실로 사라졌다. 간단하게 샤워를 마치고 샤무엘은 작은 방으로 향했다. 침대생활이 몸에 밴지라 침대 같은 소파에서 자고 싶었지만 혜리가 자고 있는 침실이 너무 가까웠다. 공연히 혜리에게 불편이라도 줄까 싶어 방바닥에 얇은 이불을 깔고 누웠다. 낯선 방인 데다 불편한 잠자리 때문인지 쉽게 잠이 오지 않았다. 한 치 앞도 알 수 없는 자신의 거취문제가 불안해서 엎치락뒤치락 이불만 짓뭉개며 뒹굴었다.

"샤무엘 일어나. 안 되겠다."

깜박 잠이 들었었다. 출입국관리사무소 단속반에 쫓겨 옥상으로 도망을 가던 중이었는데…. 꿈이었다. 단속반이 아닌 혜리가 샤무엘을 흔들어 깨우고 있었다.

"불편해서 잠 못 잘 거라 생각했는데 잘 자네."

"……."

비몽사몽 중이었지만 혜리여서 다행이다 싶었다. 눈을 비비며 부스스 일어났다.

"샤무엘 한국에 꼭 살고 싶어?"

혜리가 잠이 잘 오지 않아서라며 미안하다고 했다. 그리고 샤무엘에게 차 한 잔만 함께 마신 후 자자고 했다. 한잠 푹 잔 것 같았는데 거실 벽시계는 아직도 11시를 가리키고 있었다. 혜리가 준비해 온 차 두 잔을 탁자 위에 두고 뻘쭘하게 앉았다.

"샤무엘, 내가 진짜로 너 한국에 살게 해 줄 거야."

혜리는 마시고 있던 찻잔을 탁자 위에 내려놓고 샤무엘 옆으로 바짝 다가왔다. 샤무엘의 얼굴을 빤히 바라보던 혜리가 살며시 샤무엘의 목을 껴안았다. 눈을 감고 입을 내밀어 샤무엘의 입술을 덮쳤다.

"이제부터 여기서 나하고 함께 살아야 해. 우린 혼인신고도 마친 사이잖아?"

어리둥절해하는 샤무엘의 손을 잡아끌고 혜리는 안방 침대로 향했다.

이름 버린코

룹탑Roof top으로 이어진 아래층 계단을 올라오는 발자국소리가 요란하게 들렸다. 이내 아모르와 에디가 씩씩거리며 나타났다. 얼굴이 벌겋게 달아올라 있었고 알콜 냄새가 풀썩풀썩 나기도 했다.

"니가 뭔데…?"

에디가 아모르를 향해 삿대질을 했다.

"니가 뭔데 나서. 니가…?"

둘 다 술이 거나해 보였다.

"이 나쁜 놈아. 그건 아니잖아. 산드라 망신 주기로 작정했냐?"

아모르도 목에 핏대를 잔뜩 세우며 에디에게 대들었다. 토요일 초저녁이라 룹탑은 아직 몇 명 안 되는 필리피노들만 한가롭게 모여 있었다. 아무리 토요일이라지만 이런 시간에 벌써 거나하도록 술을 마시고 나타난 아모르와 에디의 입씨름부터가 이상하다 싶었다.

"그래서…? 너 오늘 죽어 볼래?"

"치겠다? 쳐 봐."

성질 급한 에디가 펄펄 뛰었고 아모르가 그런 에디의 성질을 더 돋구었다. 무슨 일이가 싶은 알렉스는 천천히 옥탑방을 나와 에디와 아모르 쪽으로 다가갔다. 몇 명 안 되는 모여 있던 친구들은 강 건너 불구경하듯 멀찌감치서 바라보기만 했다.

"너, 오늘 잘 만났다."

에디가 다시 한번 더 고함을 쳤고 돌아서는 아모르를 향해 크게 주먹을 내질렀다. 에디가 먼저 공격을 했고 주먹을 피한 아모르가 그런 에디를 끌어안고 바닥에 뒹굴었다.

"좋다. 한 번 붙자."

"왜 그래? 뭔데 그래?"

알렉스가 슬그머니 끼어들어 말리자 나머지 친구들도 합세해 에디와 아모르를 떼어내 다른 평상으로 끌고 갔다. 그때 산드라가 슬그머니 룹탑으로 들어섰고 역시 알콜 냄새가 풀썩 났다. 산드라를 바라보던 에디가 자리에서 벌떡 일어섰다. 그리고는 아모르 쪽으로 다가갔고 아무런 방어태세도 없는 아모르의 얼굴을 향해 주먹을 강타했다.

"어쿠!"

아모르는 얼굴을 감싸 안고 주저 물러앉았고 알렉스가 잽싸게 달려와 에디를 제지했다.

산드라는 아모르와 같은 회사에서 일했다. 아주 작은 가내공업 수준의 건물지하 브래들리(미싱자수)공장이었다. 사장님을 비롯, 전 직원이 겨우 11명인 공장은 5명씩 주야로 나뉘어 교대근무를 했고 사장님만 주간에 출근했다. 산드라와 아모르만 불법취업자인 외국인 근로자였고 나머지는 모두 한국근로자였다. 숙소는 걸어서 5분 거리의 단독주택 반지하 방이었고 월세는 역시 회사에서 지불해 주었다. 세 개의 방을 에디와 아모르가 하나씩 사용하고 나머지 방 하나는 비어 있었다. 공장은 24시간 가동했고 에디와 아모르는 서로 다른 근무 조여서 숙소에서 볼 수 있는 날은 주말밖에 없었다. 평일은 늘 공장에서 교대하며 잠깐씩 얼굴을 스치는 정도였다.

산드라는 두 명의 딸이 고등학교에 다니고 있었고 남편은 이미 5년 전 교통사고로 사망했다. 간호대학을 나오고 국립병원에서 간호사로 일하다가 두 번째 딸이 태어나면서 육아를 위해 사표를 냈었다. 남편이 사망하자 경험을 살려 다시 취업하려 했지만 인적 자원이 넘쳐흐르는 필리핀에서의 재취업은 정말 힘들었다. 쥐꼬리만큼의 월급으로 일하라는 개인 병원이 있기는 했지만 그 돈으로는 세 식구 입에 풀칠도 못할 형편이었다. 결국 먹고 살아야 하는 절박함으로 한국으로 향했다. 불법체류자가 되면서도 아이들 둘 제대로 공부시킬 수 있다는 희망 때문이었다. 낯선 곳에서 적응하는 어려움으로 먼저 간 남편을 잊어버리고 싶었지만 일이 힘들 때마다 남편이 더 그리워지는 건 한국에 도착해서야 알았다.

아모르는 찢어지게 가난한 환경에서 태어났다. 아버지는 아모르가 철이 들기도 전에 돌아가셨다. 필리핀 산촌 고향에는 홀어머니 한 분만 외롭게 아모르를 기다리며 살고 있었다. 혼기를 훌쩍 넘긴 노총각이었던 아모르에게 빨리 손주를 보는 것이 소원인 어머니는 한국에서 돌아올 때는 반드시 결혼해 아내를 데리고 오라는 부탁을 하였고 그렇게 헤어졌었다. 한국으로 건너온 대부분의 불법취업자들이 그러하듯 아모르도 빨리 돈을 모아야 했지만 형편이 그리 녹록하지는 않았다. 불법체류자여서 고용해 주는 일자리가 그리 많지 않았고 언제 단속반에 걸릴지도 모르는 불안함이 항상 긴장하고 살게 했다. 어머니의 소원인 결혼 같은 것은 꿈에도 생각하지 못했다. 주말에 친구들이 모이는 장소인 룹탑을 찾아가서야 그날만이라도 겨우 세상만사를 잊어버리고는 했다. 어쩌다 이런저런 걱정이 떠오르기라도 하면 의도적으로 잊어버리려고 애썼다.

그날은 일찍 일을 마친 토요일 오후였다. 멀지 않은 곳에서 일하는 에디가 심심하다며 전화를 했고 마침 잘됐다고 저녁이나 함께 하자고 했다. 산드라에게도 전화했다며 꼭 같이 나오라고 했다. 불법체류자들이라 멀리 가지는 못하고 세 명은 룹탑 근처의 허름한 식당에서 자리를 잡았다. 아직 이른 시간이라 손님이라고는 아모르네 일행 세 명을 제외하고는 한 명도 없었다. 오랜만에 널널한 시간을 보내기 위함이라며 소주도 두어 병 함께 주문했다.

에디가 빈속임에도 소주를 벌컥벌컥 마셨다. 천천히 마시라고 말렸지만 들은 체하지 않았다. 식사가 끝나기도 전 벌써 에디는 헤롱거리기 시작했다.

"산드라 그러기 없기야."

밑도 끝도 없는 소리를 지껄인다 싶더니만 공연히 산드라에게 시비를 걸기 시작했다.

"그러지 말자구요. 정말….."

아모르가 몇 번이나 쓸데없는 소리 말라고 충고했지만 에디는 계속 못 들은 척하며 허튼소리만 되풀이했다.

"뭔데….. 뭐가 섭섭하다는 거야."

산드라가 무안해 어쩔 줄 몰라 하자 아모르가 언성을 높였다. 대충 짐작이 가기는 했다. 산드라에게 계속 애정공세를 퍼부었던 에디였다. 하지만 산드라는 모르는 체했다. 아예 들은 척도 않고 항상 무시해 버렸다. 한 번쯤은 뭐라고 무슨 이야기라도 할 법한데 산드라는 묵묵부답이었다. 에디는 그런 산드라에게 불만이 쌓여 갔다. 산드라를 향한 사랑이 짙어지면 짙어질수록 불만은 더 커져만 갔다. 약이 오를 대로 오른 에디가 오늘은 작정을 한 모양이었다. 짝사랑 경험이 있는 아모르의 입장에서 보더라도 산드라를 향한 에디의 애가 타들어 가는 감정은 짐작하고도 남았다. 하지만 반응이 없으면 거기서 끝날 수밖에 없는 것이어야 숭고한 짝사랑일 텐데 에디는 그걸 견디지 못하는 모양이었다.

"내가 그렇게도 못난 놈인가?"

에디가 횡설수설 끝없이 주절대자 산드라의 표정이 굳어 갔다.

"됐어. 그만해."

새초롬해진 산드라가 톡 쏘아 댔다. 혼자말로 주절주절 떠들어 대는 에디를 진정시키려 했지만 좋은 말로는 틀렸다 싶었다. 아모르가 왈칵 화를 내며 마지막이라며 다시 한번 더 타일렀고 에디는 비실비실 일어서며 산드라를 향해 잘못했다고 손을 내밀었다.

"알았어. 이제 그만해."

산드라가 일어서 에디의 손을 잡아 주려는 순간 일어서서 휘청하던 에디가 덥석 산드라를 끌어안았다. 취중이기 때문인지 아니면 약간의 고의인지는 에디밖에 모를 일이었지만 드디어 일이 터지고 말았다. 발끈한 산드라가 에디를 밀쳤고 에디는 벌러덩 바닥에 나뒹굴었다.

"어라! 사람을 치네. 이 망할…. 미쳤냐? 미친년이냐?"

"이 자식이 보자보자 하니까 못할 말이 없어. 야! 이 못난 자식아!"

급기야 식당 주인이 주방에서 나왔고 이제 다 먹었으면 나가 달라고 했다. 이렇게 싸울 거라면 밖에 나가서 싸우든가 식당 안에서는 더 이상 소란을 피우지 말아 달라고 했다. 에디가 식당 아주머니와 다시 입씨름을 시작하려 하자 아모르가 에디의 멱살을 끌고 밖으로 나왔다. 큰 길로 나온 둘은 한 번씩 주먹질이 오

갔고 이러다 오가는 사람들이 신고라도 하면 바로 잡혀 귀국할지
도 모른다는 생각이 들자 에디가 먼저 룹탑으로 가자고 했다.

"룹탑에 가서 맞짱 한번 뜨자."

"그래? 좋다."

그리고는 룹탑을 향해 뛰다시피 걸었다.

*****

에디가 소란을 피우던 룹탑에서 더 이상 머물 수가 없었다. 룹
탑 친구들이 먼 이국에 와서 무슨 이런 몰골사나운 짓들이냐고
에디를 타일렀지만 에디는 들은 척하지 않았다. 친구들은 미친놈
처럼 날뛰는 에디와 부딪는 것보다는 못 본 척하며 자리를 피하
는 게 상책이라고 했다. 고함을 지르고 있는 에디를 알렉스가 어
떻게 해서라도 달래 보내겠다고 했다. 아모르는 서둘러 집으로
향했다. 산드라가 급하게 따라나섰고 에디의 주먹에 맞아 터진
아모르의 피투성이 입술을 바라보며 안절부절못했다.

"많이 아프겠다. 미안해서 어쩌니?"

반지하 집에 도착하자 산드라는 아모르를 자기 방으로 끌고 들
어갔다. 아모르의 터진 입술에 연고라도 발라 주기 위해서라고
했다. 아모르의 터진 입술을 바라보며 미간을 찌푸리던 산드라는
부랴부랴 연고를 찾아 아모르의 입술에 발랐다. 가까워진 산드

라의 얼굴에서 화장품 냄새가 진동했고 가벼운 콧바람이 얼굴을 스쳐 지났다. 덕분에 한집에 함께 살면서도 한 번도 들어가 보지 못한 산드라의 방을 처음으로 방문하게 된 아모르는 공연히 가슴이 콩닥콩닥 뛰었다.

"아모르, 뭐 마실거나 먹을 거라도 좀…."

아직 결혼해 보지 못한 총각으로는 많이 궁금한 여자 혼자만의 방이기는 했지만 굳이 확인해 볼 것까지는 없는 것이어서 그냥 그러려니 하던 중이었다. 기대와는 달리 밋밋한 아무것도 없는 맹숭한 방이었다. 완전하지는 않지만 대충 챙겨 먹을 수 있는 주방이 있는 원룸이었고 아모르 자신의 방과 별 차이가 없었다. 단지 열려진 창문 쪽 옷걸이에 빨래를 마친 앙증맞은 산드라의 팬티와 브라가 걸려 있었고 침대머리에는 아무렇게나 벗어 던진 잠옷대용이라 여겨지는 란제리가 구겨진 채 팽개쳐져 있었다. 아모르는 공연히 얼굴이 화끈 달아올랐고 애써 다른 곳으로 시선을 피했다. 산드라가 급하게 포트에 물을 붓고 플러그를 꽂았다. 그리고는 냉장고를 열고 주섬주섬 먹을 것을 찾아냈다. 초콜릿, 비스킷, 알사탕, 홍삼진액도 꺼냈다. 홍삼진액은 가끔씩 현장에 들르는 거래처 사장님이 수고한다며 사다 준 선물이라 했다. 아모르는 홍삼진액을 택했다. 몸에 좋다는 한국 유명상품이어서 기회만 되면 많이 먹어 체력을 길러 둘 작정이었다. 실제로 한 번 먹고 푹 잠을 잤던 다음 날 아침, 몸이 거뜬하다는 느낌의 체험도 있었던지라 홍삼진액은 최고의 한국 명약이라 믿었다. 물이 끓자 산드라는 다시 따끈한 티백 홍차 한 잔을 더 권했다. 산드라는 정말 고맙다는 이야기를 다시 되풀이했고 아모르는 같은 공장에서 일하는 동료라는 인연 이상으로 산드라를 보호해야 할 의무감 같은 게 있다고 고백했다. 앞으로도 누가 산드라를 해치려 한다면 그냥 두고 보지는 않을 거라고 했고 산드라는 그런 큰 뜻이 있는 줄 몰랐다고 펄쩍 뛰며 고마워했다.

산드라의 고향은 마닐라에서 북쪽으로 몇 시간을 자동차로 달려야 하는 해변도시 다구판이라고 했다. 그리고 고등학생인 딸 둘이 집을 지키고 있고 애들 아빠는 교통사고로 이미 사망했다고 했다. 궁금하다며 이런 저런 아모르에 관한 이야기도 물어 왔지만 별로 해 줄 이야기가 없는 아모르는 어머니의 희망이 빨리 결혼하라는 것이라고만 했다. 손주를 간절하게 기다리는 어머니의 소원을 들어주기 위해 고향으로 돌아가는 대로 넘치지 않는 적당한 여자를 만나 결혼할 생각이라고 했다.

풍만한 산드라의 가슴에 자꾸만 눈길이 가는 게 미안해 의식적으로 외면하려 했지만 산드라가 눈치를 챈 모양이었다. 방 안을 한 바퀴 휘 둘러보던 산드라가 아직까지 창문 앞 옷걸이에 매달려 있던 팬티와 브라를 걷어 침대시트 아래로 집어넣었다. 아모르는 이제 돌아가서 쉬어야겠다며 자리에서 일어났다. 더 이상 머물러 있을 수 없을 것 같은 생리적인 욕구가 불끈거려 서였다. 방문을 나서면서 슬쩍 또 한 번 산드라의 가슴을 훔쳐보던 눈길이 산드라와 부딪치자 아모르는 뒤도 돌아보지 않고 걸었다.

그날 이후 아모르는 좀 더 확실한 산드라의 보디가드가 됐다. 에디가 사과를 했고 미안한 거 알았으면 괜찮다고 쉽게 사과를 받아들였다. 에디가 조금은 서먹해했지만 그럴 필요 없다고 이야기해 주었다. 터놓고 이야기하면 너나 나나 먼 이국땅에서 힘들고 외롭게 살아가기는 마찬가지이니 만큼 참고 이겨 내면서 몸 건강하게 잘 견디다 돌아가자고 했다. 아마도 산드라에게 품었던 큰 연정만큼 실망도 컸던지 에디는 한동안 크게 풀이 죽어 지냈다. 아모르 역시 산드라를 좋아하고는 있었지만 내색하지 않았다. 산골 촌놈인 자신을 거들떠보지도 않을 터인 즉 그냥 혼자서 좋아하는 것으로 만족하려 했다. 떳떳하지 못한 불법취업자로 사소한 문제라도 일으키지 않으려는 생각도 한 겹 더했다. 필리핀 고향이라면 딱지를 맞는 한이 있더라도 아무에게나 대쉬해 볼 수도 있으련만 한국에서는 그럴 형편이 아니었다. 자칫 한국여성에게 아무렇게나 대쉬하다가는 큰코다칠지도 몰라서 그나마 함께 호흡할 수 있는 필리핀 고향 여성이라야 마음이 편했다.

때문에 룹탑에 한 명의 새로운 필리핀 여성이라도 나타나면 남자들은 눈에 불을 켜고 경쟁을 시작했다. 여성의 비율이 현저하게 낮고 보니 여러 명의 남자들이 우르르 들이댔다. 그녀가 기혼자라면 일단 방관하는 척하지만 결국은 기회를 호시탐탐 노린다는 게 옳았다. 골키퍼 있다고 골 들어가지 말란 법 있냐는 유행

어도 등장했다. 오직 일에만 매달려야 하는 열악한 환경에서도 남자들은 여자를 그리워하는 생리적인 욕구를 억제하지 못하는 모양이었다. 환심을 사기 위해 선물공세도 하고 자신의 장점을 내보이려는 과시욕도 발휘했다. 희소가치만큼 힘들게 힘들게 승자가 정해지는 것이지만 시간이 그리 오래 걸리지는 않았다. 일단 승자가 정해지고 공인된 커플이 되고 나면 이들을 끔찍하게 아껴 주는 것 또한 룸탑 불법취업자들 간의 우정이었다. 낯선 한국에서 외로움을 달랠 수 있는 친구라고는 한국에 와 있는 몇몇 안 되는 불법취업자들 뿐인 형편이 그렇게 무언의 약속을 만들어 준 셈이었다.

✻✻✻✻✻

오랜만에 회사 가족끼리 회식자리를 가졌다. 토요일 저녁이었고 휴일이 아닌 정규 근무일이었다. 몇 명 안 되는 가족 같은 회사라서인지 회식자리는 늘 화기애애했다. 큼직한 불고기 쌈을 싸 먹이고 입이 터져라 받아먹는 아모르의 모습에 박장대소를 했고 미리 살래살래 손을 흔드는 산드라에게도 어김없이 커다란 불고기 쌈이 안겨지기도 했다.

"어! 회식인가 봐."

자리를 스쳐 지나던 거래처 사장님이었다. 지나는 길에 저녁이나 때우러 들렀다며 반색을 했다. 아모르네 회사에 큰 오더를 주는 사장님이라 아모르네 사장님이 벌떡 일어나 반겼고 손을 잡아끌어 함께 식사하기로 했다. 오더를 주는 권 사장이라는 분이 다시 불고기를 더 시켰고 소주도 몇 병 더 시켰다. 권 사장은 오더를 관리하기 때문에 가끔 한 번씩 현장에 나타나 깔끔하게 제품이 완성되는지를 살피기도 했다. 그런데 그럴 때마다 산드라에게 다가와 산드라의 온몸을 훑어 살피고는 했다. 산드라는 오싹 소름이 끼쳤지만 별다른 반응은 보이지 않았다. 자주 간식거리를 사 들고 나타났고 아모르가 산드라 방에서 얻어 마시고 좋아했던 홍삼진액도 사실 권 사장이 사다 준 것이었다.

며칠 전에도 권 사장은 햄버거를 사 들고 왔었다. 산드라에게 은근히 다가오더니 이번 토요일 퇴근하고 저녁식사 한번 함께하자고 제의했었다. 항상 깔끔하게 완제품을 만들어 주는 고마움의 표시라고 했지만 산드라는 이미 권 사장의 의도를 짐작했다. 마침 회식이라는 좋은 핑계가 있어서 다행이었다. 오늘 회식자리에 나타난 권 사장이 우연인 척했지만 산드라는 믿어지지 않았다. 우연을 가장하고 나타난 권 사장이 괜히 신경이 쓰이면서 불안해지기 시작했다.

'설마 제까짓 게…. 뭐 별일 있겠어?'

술이 한잔 들어간 권 사장은 호기를 부리기 시작했다. 처음에는 산드라네 김 사장에게 술 한 잔을 권했고 술이 약한 김 사장이 사양했지만 권 사장의 강권을 이기지 못했다. 더구나 오더를 쥐고 있는 권 사장이고 보니 더 그랬다. 그리고 아모르에게 한 잔이 주어지고 산드라에게도 한 잔을 권했다. 산드라는 작심을 하고 거절했지만 권 사장의 비위를 맞춰야 하는 김 사장이 눈을 껌벅거리면 받아 주라는 신호를 해서 마지못해 잔을 받아 꿀꺽 마셨다.

"어쭈 술 잘하는데….."

한국 아주머니들과도 주고받고 하더니 결국 권 사장은 만취상태에 이르렀다. 권 사장이 횡설수설하기 시작하고 분위기가 점점 어색해지자 김 사장이 이제 자리를 정리하자고 했다.

"무슨 소리야. 안 돼. 이제 시작인데 뭘. 안 그래 김 사장?"

묘한 표정의 김 사장만 안절부절못했다. 한국 아주머니 한 분이 자리에서 일어섰고 아모르도 따라서 벌떡 일어섰다.

"산드라, 일어서. 우린 이만 가겠습니다."

갑자기 권 사장도 자리에서 벌떡 일어섰다.

"안 돼. 2차 가자. 내가 노래방 쏠게."

김 사장은 멀거니 쳐다보기만 했다. 모두들 만취한 권 사장의 오기라고 생각할지 모르지만 산드라는 뭔가 낌새가 다르다 싶었다. 슬그머니 산드라도 자리에서 일어섰다. 앉아라, 서라. 약간의 소란이 있었지만 이내 모두들 식당 밖으로 나왔다. 문제는 거기서부터였다. 권 사장이 산드라의 앞을 막아섰다.

"산드라. 내가 이뻐서 그러는데 우리 노래방 한번 들러 스트레스 풀고 가자."

약간 어눌한 발음으로 산드라에게 접근했다. 말려야 하는 김 사장이면서도 오더를 쥐고 있는 권 사장이기에 아무 소리도 못 했다. 오히려 산드라가 권 사장을 따라가 주었으면 하는 눈치였다. 사태는 조금씩 험악해지기 시작했다. 산드라와 권 사장이 밀고 당기는 데까지 이르렀다. 그사이 한국아줌마들은 모두 자리를 떠나 사라졌고 산드라와 아모르 그리고 권 사장, 김 사장만 식당 앞에서 옥신각신하고 있었다.

"산드라, 노래방 가서 술 깨워 가는 건 어때? 나도 갈게."

김 사장이 드디어 중재에 나섰다. 이때다 싶었던지 권 사장이 산드라를 덥석 껴안았다. 그리고 힘으로 산드라를 끌고 가려 했다.

"그만하세요."

아모르가 큰 소리로 고함을 지르며 권 사장 앞을 막아섰다.

"산드라 나하고 결혼하기로 했습니다. 함부로 대하지 말아 주세요."

갑자기 분위기가 서늘해졌다. 산드라를 놓아 주고 물러서던 권 사장은 발걸음도 가누지 못할 정도로 흐느적거리기만 했다. 김 사장이 안 되겠다고 지나가는 택시를 잡았고 권 사장을 밀어 넣었다. 아모르가 권 사장이 괜찮을까 걱정하자 김 사장은 대수롭지 않게 말했다.

"괜찮아. 괜히 취한 척하는 거야. 자아식. 더러워서 원 참!"

"……."

"미안하게 됐네. 자 이제 돌아들 가."

김 사장과 헤어지면서 아모르는 슬그머니 산드라의 팔짱을 끼었다. 김 사장이 봐 주었으면 하는 시위였지만 산드라가 화낼지도 몰라 전전긍긍했다. 팔짱을 끼는 아모르에게 산드라가 아무렇지도 않은 척해서 다행이었다.

"미안해요."

아모르가 산드라의 귓전에 대고 속삭였다.

"아니, 괜찮아."

산드라는 오히려 팔짱 낀 아모르의 팔을 힘주어 당겨 안았다. 파르르 산드라의 떨림이 아모르의 팔을 통해 가냘프게 전해 왔다. 자신들을 하찮은 인간 취급하는 어글리 코리안에게 피가 솟구치도록 화가 났지만 불법체류자라는 불안한 신변 때문에 변변한 소리 한번 내 보지 못하는 처지가 한심스럽기만 했다. 팔짱을 끼고 한참을 걸어 김 사장의 시야에서 벗어나자 아모르가 슬그머니 팔짱을 풀려 했다.

"그냥 이대로 가자. 아모르."

산드라는 더 강하게 아모르의 팔을 부여잡았다.

"아모르…, 살기 참 힘들다. 그치?"

"…힘 내셔. 사는 게 너무 만만하면 타락해. 인류가 타락하면 지구가 망해. 그렇잖아?"

아모르가 서먹한 분위기를 반전하려 했지만 산드라는 쉽게 헤어나지 못하는 것 같았다.

"아모르!"

걸음이 점점 더 느려졌다. 산드라가 아모르에게 거의 매달리듯 했기 때문이었다.

"어려워서…, 힘들어서…, 너무 힘들어서도 타락하고 싶어. 알아?"

"……."

"괜한 소리만 했나 보다."

산드라는 팔짱을 풀었고 걸음을 재촉했다. 저만치 그들이 살고 있는 숙소가 보였다. 구겨질 대로 구겨진 자존심 상한 상황도 되도록이면 빨리 잊어야 했다.

다시 출근을 한 월요일에는 아모르와 산드라가 연애 중이라는 이야기로 하루가 시작됐다. 쥐도 새도 모르게 언제 그렇게 됐느냐고 하다가도 젊은 혈기 왕성한 청춘들이 아무리 다른 방을 쓴다 해도 한집에 살고 있는데 당연하다고도 했다.

"산드라, 몰라서 미안해. 그럼 그렇다고 귀띔이라도 좀 해 주지 그랬어."

김 사장이 주말 잘 보냈냐는 안부 끝에 한마디 더 붙였다. 갑자기 아모르와 결혼할 사이가 된 산드라는 어쩔 줄 몰라 했지만 그렇게 싫은 것만은 아니었다.

"산드라 좋겠다. 팔팔한 총각하고 재혼한다니…."

"아모르는 산드라 어디가 그렇게 좋대?"

한국 아줌마들의 호기심은 끝이 없었다. 거의 종일을 산드라에게 숨은 러브스토리 좀 공개하라고 졸랐다. 산드라는 그냥 웃어넘기는 것으로 대답을 대신했다. 퇴근 무렵에 권 사장이 새로운 오더를 들고 나타났다. 만취했던 토요일의 회식자리 실수부터 사과했다.

"바빠서 점심을 챙겨먹지 못한 빈속에 술 몇 잔을 거푸 마셨더니…. 핑, 돌더라고…."

김 사장에게 먼저 핑계를 대며 웃어넘기려 했고 곧장 산드라 쪽으로 다가왔다.

"산드라, 미안해. 아모르에게도…. 술이 죄야. 그 놈의 술이. 미안해."

그렇게 미안해하지도 않는 표정이었지만 미안하다고 말해 주는 것만도 고마웠다.

"그러니까, 그놈의 술만 아니면 아주 훌륭하신 권 사장님인데, 그 놈의 술이 사람 망신 다 시키는구먼."

김 사장이 권 사장의 체면을 챙겨 주면서 함께 사무실로 향했다.

"아모르, 오늘은 룹탑 가지 말자. 내가 맛있는 필리핀 전통음식 만들어 줄게."

한바탕 회식소동이 일었던 바로 다음 토요일 저녁이었다. 요리하는 구수한 냄새가 아모르 방까지 솔솔 풍기더니 산드라가 아모르 방문을 두들겼다.

"룹탑 다녀와야 또 한 주가 잘 가는데…."

말로는 룹탑을 갔으면 했지만서도 내심은 그게 아니었다. 산드라를 따라 슬그머니 일어섰다. 실로 오랜만에 필리핀 음식을 먹어 볼 수 있겠다 싶어 기대가 컸다. 아도브에다 시니강까지 준비했다. 필리핀에서는 아무 때나 먹을 수 있는 흔한 음식이지만 한국에서는 실로 귀한 음식일 수밖에 없었다.

"소주도 한 병 준비했지롱!"

산드라는 나이에 어울리지 않게 애교를 섞었다. 늘 보디가드가 돼 주는 고마움일뿐더러 지난 토요일에 대한 감사의 뜻이라고 했다. 그날은 인격적으로 너무 심한 상처를 받았다 싶어 엉겁결에 그냥 자신의 방으로 직행했다고 했다. 나중에 생각해 보니 아모르에게 빈말 정도의 인사밖에 하지 않은 자신이 많이 미안하더라는 것이었다. 쉽게 잠든 것도 아니었고 엎치락뒤치락 스스로가 불쌍하다고 비하하며 혼자 많이도 울었다고 했다. 바로 옆방에 항상 보디가드가 돼 주는 고마운 아모르가 있다는 것을 새삼 기억해 낸 것은 밤이 이슥해서였다. 그냥 아모르를 깨워 신세타령이나 할까 하다가 겨우 참았다고도 했다.

소주 한 병이 부족해서 또 한 병의 소주를 나눠 마셨다. 주량이 센 편들이 아니어서 기분만 들떠 오락가락했다.

"아모르! 나 어때?"

"어때…? 뭐가 어때야?"

"모른 척하기는…. 너 나 좋아하냐고?"

"암 좋아하지. 좋아하고말고."

평소 같으면 입에 담지도 못할 이야기를 주고받으며 산드라는 완전 무장해제 상태로 진입했다.

"내 가만히 두고 보자니 너 아모르 참 괜찮다."

"나? 나 괜찮아. 근데 나도 가만히 두고 보자니 산드라 참 괜찮더라."

동시에 까르르 웃었다. 산드라가 먼저 아모르에게 다가갔다. 아모르의 목을 껴안고 얼굴을 마주했다. 덤덤해하던 아모르가 벌떡 일어섰다. 그리고는 산드라의 허리를 잡아 안고 산드라의 침대로 향했다. 입술이 부딪는 순간 물씬 시니강 냄새가 코를 찔렀다. 허겁지겁 산드라의 티셔츠를 들어 올렸다. 풍만한 산드라의 가슴이 드러났다. 산드라는 눈을 꼭 감고 있었다. 그리고는 다시 헐렁한 집에서만 입는 고무줄 바지를 끌어 내렸다. 아모르의 손이 산드라의 몸 구석구석을 마구 헤집고 다녔다. 중요 부위에서 아모르의 손을 꼭 움켜잡아 저지하던 산드라의 손이 다시 스르르 풀리기를 반복했다. 아모르가 정신 나간 사람처럼 서둘렀다. 폭풍이 일었고 광풍이 휩쓸었다. 산드라는 익숙하지 못한 아모르를 위해 엉덩이를 슬쩍슬쩍 들어 주었다. 자신도 모를 환희의 신음이 꼭 다문 입술 사이로 흘러나왔다. 시간이 가면서 산드라가 더 열정적으로 아모르를 껴안았다.

"아모르, 나랑 결혼해 줄 수도 있어?"

"물론이지. 산드라만 괜찮다면…!"

술이 거나한 아모르와 산드라라지만 횡설수설만이 아니었다.

시도 때도 없이 대쉬하는 아모르였고 산드라 역시 그런 아모르를 닮아 갔다. 혈기 왕성한 아모르의 패기와 노련하고 성숙한 산드라의 연륜이 호흡을 같이했다. 봇물 터진 사람들처럼 시간 있을 때마다 정신없이 사랑을 나눴다.

"산드라, 얼굴이 좀 빠졌는데…? 하룻밤도 안 거르지…? 작작 좀 해."

동료 한국 아주머니들이 농담처럼 이야기했고 실제 산드라의 얼굴이 많이 수척해진 것도 같았다. 달거리 날짜를 훨씬 지나서야 이번 달 달거리가 그냥 지났음도 알았다. 틀림없을 거라면서도 어떻게 해 봐야겠다는 판단이 서지 않았다. 어떻게 할까, 어떻게 할까, 속으로 끙끙 앓는 사이에 또 한 달이 지났다. 속이 매스꺼웠고 구역질도 났다. 아기를 가진 게 틀림없었다. 아모르에게는 입도 뻥긋하지 않았지만 어떻게 해서라도 결론을 내야 했다. 아모르는 아직 경험도 많지 않고 세상 물정이 어둡다 치부하더라도 이미 두 딸의 엄마인 산드라는 이렇게 마구잡이로 사랑만 나눌 형편이 아니었다. 임신의 책임을 아모르에게 묻는다는 것 또한 어불성설이었다. 하지만 아모르에게 알려 주기는 해야 될 거라는 생각이 들자 산드라는 또 한 번 성대한 둘만의 필리핀 만찬을 준비했다.

그날도 토요일 저녁이었다. 서로 근무시간이 다른 탓에 토요일 저녁이라야 함께할 수밖에 없는 형편이었다. 산드라는 속이 매스껍다며 소주 마시기를 거부했고 아무것도 모르는 아모르만 소주를 두어 잔 마셨다. 혼자 마시는 소주라 별 맛이 없다고 했다.

"아모르, 아주 중요한 이야기가 있어."

"……."

별 시답잖은 이야기려니 하는 표정의 아모르가 못마땅했지만 산드라는 좀 더 진지하고 차분한 어조로 이야기를 이어갔다.

"너 아직도 내가 참 괜찮은 여자라고 생각해?"

심드렁해하던 아모르의 눈이 반짝 빛났다.

"그걸 말이라고 해. 산드라만큼 괜찮은 여자 아직 한 번도 못 봤어… 근데 왜 그래? 갑자기."

"우리 처음 사랑을 나누던 날, 너 나랑 결혼해 줄 수도 있다고 말했던 것도 기억해?"

아모르에게 부담 주는 것 같아 일절 입에 담지 않았던 이야기를 슬그머니 꺼냈다. 아무리 취중이었다지만 취중인 척했을 뿐인 산드라에게는 늘 가슴에 담아 두었던 이야기이기도 했다.

"기억해. 기억하고말고. 가끔은 내가 한 번 더 묻고 싶었던 이야기였는데…."

산드라는 심장이 쿵했다. 술김에 나눈 농담이거나 아니면 술김에 떠들어 댄 기억도 없는 이야기로 취급하려니 했던 산드라였기 때문이었다.

"아모르, 잘 들어."

산드라는 잠깐 호흡을 가다듬었다.

"나…. 아기 가졌어. 아모르 니 아기야."

"……?"

한참이나 입을 벌리고 놀라던 아모르가 슬그머니 산드라에게 다가왔다.

"내가 다시 한번 꼭 묻고 싶었던 이야기야. 나 같은 시골 촌구석 촌놈이랑 결혼해 준다면 내 평생 산드라만 바라보고 살 거야."

산드라를 포근하게 껴안으며 아모르는 찔끔 눈물 한 방울을 짜냈다.

*****

필리핀으로 돌아가는 대로 결혼식을 올리기로 했다. 남편을 여읜 혼자 사는 과부라는 꼬리표를 뗄 수 있어서 좋기도 했지만 성실하고 착한 연하의 아모르를 만났다는 게 더 좋았다. 아모르가 묵고 있는 숙소를 함께 써야 한다는 이야기를 처음 들었던 날은 덜컥 겁부터 났었다. 기회만 있으면 아모르가 덮칠 것 같다는 생각이 들어서였다. 방문의 시건 장치를 살펴보고 기존의 고리 위에 또 하나의 고리를 만들어 달았다. 한집에 살아야 하는 아모르로부터 안전을 기하기 위함이었지만 혹시 모를 도둑을 방지하기 위해서라고 핑계를 댔었다. 하지만 아모르는 눈길도 주지 않았다. 친절하기는 했으나 음흉한 행동은 커녕 오히려 산드라가 덮칠까를 걱정하는 눈치 같았다. 딸 둘 엄마의 과부라는 게 부담이었을까 싶으면서도 차라리 잘됐다 싶기는 했다. 가까운 척하며 다가와 설레발을 치는 것도 만만치 않은 귀찮은 일이기 때문이었다. 함께 룸탑을 방문하는 날이면 연인처럼 보인다고도 했지만 산드라는 부정도 긍정도 하지 않았다.

"그렇게 봐 주면 더 좋고….."

심드렁한 대답이 긍정처럼 들리기도 했다. 다행인 것은 아모르가 날이 갈수록 산드라의 확실한 보디가드가 돼 준다는 것이었다. 산드라 근처에서 이상한 소리라도 들린다 치면 아모르는 귀를 쫑긋했고 슬그머니 다가와 산드라 주위를 한 바퀴 휘돌아 안전을 챙기고는 했다.

처음 아모르와 얼굴을 마주했을 때는 그냥 평범한 전형적인 시골촌놈이라고 생각했다. 번화한 도시 국립병원에서 일하던 세련된 간호사 출신의 산드라와는 어울리지 않을 것 같았다. 산드라는 물론 주위 사람들 모두가 그랬다. 한집에 살더라도 둘이는 어울리지 못할 사이라는 게 공장 한국아줌마들의 시선이기도 했다. 그런 아모르가 차츰 눈에 들어오기 시작한 것은 아모르가 산드라 자신을 지켜 주는 보디가드였기 때문이었다. 순수한 착한 마음씨를 가졌다는 데서 호감이 갔고 농사꾼인 아모르의 농사를 지을 수 있는 건강한 체력이 매력으로 보였다. 그리고 농사를 지으며 자란 마디 굵은 손가락도 예뻐 보였다. 거짓말 할 줄 모르고 매사에 열심인 성실한 아모르가 조금씩 괜찮다 싶어지기 시작했다. 우습게 보이던 아모르가 조금씩 멋있어 보이기 시작하더니 갑자기 산드라 자신이 초라하다는 생각이 들기 시작했다. 아모르는 당당한 총각이지만 산드라는 이미 두 딸이 있는 나이 많은 과부이기 때문이었다. 뭇 사내들이 주변을 맴돌았지만 모두 늑대 같은 놈들이었고 아모르만 심성 착한 유일한 남자라는 것도 비로소 알았다. 그런 아모르는 별 반응이 없었고 산드라 역시 그냥 그저 그렇다는 생각뿐이었다. 회식이 있던 날 산드라에게 추태를 부리던 권 사장이 둘을 엮어 준 고마운 은인인 셈이었다. 그런 권 사장이 없었더라면 산드라도 아모르도 아직까지 서로 바라만 보고 있을지도 몰랐다. 결혼할 거라는 소문은 이내 룹탑 필리핀 친구들에게 퍼져 나갔고 에디도 축하한다며 활짝 웃어 주었다.

배가 불러오기 시작했다. 이미 두 딸을 출산한 경험이 있는 산드라임에도 한국아줌마들의 잔소리는 끝이 없었다. 산모의 건강을 챙겨 주는 잔소리여서 고맙기는 했지만 산드라도 이미 익히 알고 있는 것들이어서 관심 가져 주는 것만으로도 감사하게 생각하기로 했다. 아모르에게도 산모 챙기는 방법을 조언했고 아모르는 아줌마들의 조언을 메모까지 해 가면서 들었다. 회사 사장님도 쉬운 일하도록 배려해 주었고 심지어 사장님의 사모님도 나타나 동료들이 일하면서 도와줘야 할 것들에 관해 주의를 부탁하기도 했다.

산드라는 행복했다. 이렇게나 많은 사람들이 축하해 주는 이 아이는 분명 복 받은 아이이며 건강하게 태어날 것이라는 확신이 들었다. 자주 병원에 들러 체크해야 한다 했지만 필리핀 두 딸을 출산할 때보다 너무 요란을 떤다 싶어 한 번씩 건너뛰기도 했다. 그렇게 하지 않아도 두 딸 잘만 낳아 무럭무럭 자랐다 싶었기 때문이었다. 출산일이 다가오면서 사장님 사모님이 가까운 산부인과 병원에 들러 예약을 해 주었다. 쉬라는 만류를 뿌리치고 예정일 일주일 전까지도 일했다. 돈이 원수여서 쉬는 날을 되도록이면 줄여야 하기 때문이었다. 집에서 쉬는 첫날 아침, 아직 예정일이 일주일이나 남았음에도 아랫배가 틀기 시작했다. 놀란 아모르가 기겁을 하며 사모님께 연락했고 달려온 사모님이 산드라를 급하게 병원으로 데리고 갔다. 병원에 도착하자마자 아기가 곧 나올 것 같다며 서둘러 분만실로 들어갔다. 이미 출산 경험이 있어서인지 산드라는 쉽게 아기를 출산했다. 우렁찬 울음을 울며 태어난 아기는 사내 아이였다.

산후조리원은 가지 않기로 했다. 그렇게 많은 비용이라면 차라리 용이하게 써야 할 다른 용처가 너무 많기 때문이었다. 이미 두 번이나 출산한 경험도 있는 만큼 혼자서도 얼마든지 감당할 자신이 있었다. 겁먹은 아모르가 이리저리 부산하게 움직이며 걱정했지만 산드라는 그런 아모르가 귀엽게 보이기만 했다. 숙소로 돌아온 산드라는 사모님이 사다 준 아기침대에 아기를 누였다. 숙소까지 따라온 사모님에게 아무것도 불편할 거 없다고 강조했다. 아기는 소록소록 잠들어 있었다. 또 한 번 이것저것 챙기던 사모님이 이런저런 잔소리를 한 보따리 풀어놓고 돌아갔다. 사모님의 지대한 관심으로 미루어 보면 새로운 아기가 태어나는 축복은 필리핀도 한국도 매한가지구나 싶었다. 침대머리 의자에 앉아 산드라의 손을 꼭 잡아 수고했다고 위로하는 아모르에게 산드라는 배시시 웃었다.

"아기 이름은 어떻게 할까?"

임신하자마자 이름부터 정해 두자며 이런저런 이름을 만들어 불러 봤지만 확실하게 정해진 것은 없었다.

"이미 여러 번 이야기했지만 버린코Birinko가 제일 맘에 들어."

아모르는 버린코라는 이름에 집착했다. 아이가 자라서도 자랑스러워할 이름임에 틀림없다는 것이었다. 어른이 되고 이름이 마음에 들지 않는다면 그건 그때 아들 스스로가 결정할 문제라는 것이었다.

"아모르가 그렇게 원하는 이름이라면…. 버린코, 그렇게 하자!"

"그래, 고마워!"

아모르의 표정이 너무 행복했다. 버린코는 대한민국 부천시 소사동에서 태어난 Birth in korea의 약자였다. Birth in korea의 앞자리 글자에서 발췌해 만들어진 이름이 Birinko였고 아기 아빠 아모르가 죽어라고 고수하고 싶어 하는 이름이었다.

아모르는 바빠지기 시작했다. 회사에서는 산드라 몫까지 해야한다는 진담 반 농담 반의 잔소리를 해 대는 한국아줌마들에게 휘둘렸다. 퇴근하고 집으로 돌아오기 무섭게 이번에는 산드라와 버린코에게 매달려야 했다.

한 달의 휴가가 끝날 때쯤이면 버린코는 필리핀으로 보내져야 한다. 필리핀 어디로 보내야 할 것인가를 고민해 봤지만 결국은 아모르네 집 버린코의 할머니에게 보내기로 했다. 그토록 결혼하라고 성화를 대던 보람일까 아모르의 어머니는 하루아침에 할머니가 돼 버린 셈이었다. 고개도 못 드는 아기 버린코의 여권사진을 찍었고 이태원 필리핀 대사관에서 여권도 발급받았다. 필리핀까지 버린코를 데려다줄 사람도 섭외했다. 섭외라기보다 휴가차 필리핀을 다녀오는 합법적인 체류자 친구에게 약간의 수고료를 주고 부탁하는 정도였다. 할머니가 마닐라 공항까지 나와 주기로 했다.

"버린코, 행복해야 돼. 우리 모두 행복하자! 알았지 버린코!"

버린코를 보내야 하는 날아 점점 다가오면서 산드라는 걱정이 태산 같았다. 눈물 마를 날이 없었고 브래들리 공장을 떠날 수 없는 자신에게 회의가 들기도 했다.

돈을 벌어야 하는 어쩔 수 없는 상황이 산드라를 꽁꽁 묶고 있었다.

일리갈 베이비 코피노

수돗물은 미적지근했다.

샤워를 하면서 머리부터 감았다. 온몸을 타고 내리는 물을 한참이나 맞으며 멍하니 서 있었다. 가슴을 타고 내리는 물방울 사이로 뾰족한 젖꼭지가 오뚝했다. 한입 잔뜩 물어 꼬집던 남편이 벌써 사무치게 그리웠다. 마닐라를 떠나 이태원의 허름한 여관을 거쳐 브로커가 소개해 준 봉제공장에서 일한 지가 겨우 사흘째였다. 봉제공장은 가정집을 개조한 일반 주택이어서 샤워는 화장실에서 해야만 했다.

"딸가닥!"

무슨 소리가 들리는 것 같아 샤워꼭지를 잠갔다. 귀를 쫑긋하며 소리를 쫓았으나 더 이상의 기척이 없었다. 분명 현관문도 잠겨 있음을 확인했으니 아마 대낮에도 설쳐대던 쥐 소리라고 짐작했다. 바닥을 질주하는 꽤나 많은 쥐들을 본 기억이 났다. 공연히 무섭다는 느낌이 들기도 해 서둘러 샤워를 마쳤다. 큰 타월로 몸을 둘둘 감고 방으로 향했다. 방이라야 쟈스민 혼자 기거하는 공장 구석의 쪽방이었다. 방문을 막 여는 순간 뒷머리가 쭈뼛해 왔다. 갑자기 누군가가 무지막한 힘으로 쟈스민을 끌어안더니 재빨리 방 안으로 밀어 넣고 전등스위치를 껐다. 겨우 타월한 장으로 가려진 쟈스민의 몸은 가벼운 몸부림 한 번으로 알몸이 됐다. 극심한 공포 때문에 고함을 칠 수가 없었다. 사내는 서둘지도 않았다. 여유 있게 천천히 천천히 쟈스민을 탐했다. 긴장으로 온몸이 굳어진 쟈스민은 눈을 꼭 감았다. 공포가 온몸을 엄습했고 준비되지 않은 곳에서는 심한 통증을 느꼈다. 이내 욕심을 채운 사내가 불을 밝혔다.

"아니…?"

쟈스민은 눈이 동그래졌다. 공장장이었다. 세상에 믿을 사람 없다 해도 설마 공장장이라고는 상상도 하지 못했다. 아침 일찍 벨을 누르지도 않고 현관문을 따고 출근하던 그를 보고 그에게 비상키가 있음을 알고는 있었다. 하지만 그는 회사의 공장장이므로 전혀 경계의 대상이 아니었다. 위험이 닥칠 경우 오히려 보호자일거라고 믿고 있었다.

"제대로 문단속을 해야지…. 이래서 되겠어?"

한국말이 서툰 쟈스민은 무슨 말인지를 몰랐다. 어떤 말을 해야 그가 알아들을지도 몰라서 표정으로만 그를 무섭게 쏘아보았다. 슬금슬금 일어서더니 히죽이 웃었다. 쟈스민은 재빨리 옷을 입었다. 공장장은 이곳저곳을 별 볼 일 없이 한 바퀴 휘 둘러보더니 다시 쟈스민에게로 왔다.

"야! 이리 와 봐."

공장장은 다시 난폭하게 쟈스민을 끌어안았다. 가슴을 애무하려 들었다. 쟈스민도 그가 강도가 아닌 공장장이라는 데서 오히려 조금은 마음이 놓였다. 다시 바닥에 쓰러트리고 덮쳐 오는 그를 무릎을 모아 오그리며 저항했다. 갑자기 그를 향한 증오가 끓었다.

"이 년이…?"

공장장은 벌떡 일어나 쟈스민의 엉덩이를 걷어찼다.

"Fuck you!"

쟈스민은 누운 채로 오른발을 들어 공장장의 가슴을 세차게 밀어 찼다. 공장장은 뒤로 벌러덩 자빠지며 엉덩방아를 찧었다.

"이 미친년이…?"

공장장은 쟈스민의 머리채를 낚아채 일으켰다. 머리채를 잡고 심하게 흔들다가 다시 좁은 방바닥으로 내동댕이쳤다. 공장장은 완력으로 쟈스민을 깔고 덮쳐 왔다. 발버둥을 치던 쟈스민의 오른손에 묵직한 게 잡혔다. 작은 몽둥이였다. 슬그머니 잡아서 쟈스민을 덮쳐 짓누르고 있는 공장장의 왼쪽 어깻죽지를 세차게 내려쳤다.

"어이쿠!"

공장장은 어깨를 잡고 벌떡 일어났다. 쟈스민도 따라 발딱 일어섰다.

"죽을라고 환장을 했냐?"

공장장의 주먹이 쟈스민의 얼굴을 강타했다. 연이어 권투 연습하듯 쟈스민의 온몸을 향해 마구 주먹질을 해 댔다. 방구석으로 몰린 쟈스민은 얼굴을 감싸고 뒹굴었고 공장장은 뒹구는 쟈스민의 등까지 마구 짓밟으며 고함을 쳤다.

"당장 나가. 지금 당장 썩 꺼져…. 재수 없는 년!"

할 만큼 해서인지 아니면 자기도 한 짓이 양심에 찔리는지 공장장은 슬그머니 바깥으로 빠져나갔다. 현관문을 나서며 열쇠로 밖에서 문까지 잠그는 여유를 보였다. 쟈스민은 일시에 설움이 북받쳐 눈물이 펑펑 쏟아졌다. 퇴근 이후에는 아무도 없는 공장이라지만 그래도 누가 들을까 소리 죽여 울었다.

한참이나 울고 난 쟈스민은 여기 저기 꺼내 놓고 미처 정리도 하지 못했던 짐들을 다시 챙겼다. 뜬눈으로 밤을 새우다시피 했다. 이 수모는 언제라도 반드시 갚아 주겠다고 다짐하며 새벽 일찍 다시 이태원의 침침한 여관으로 돌아갔다. 경찰에 신고라도 하고 싶었으나 불법체류자의 강제 추방이 무서워 어찌할 도리가 없었다. 소개비를 물고 숙박비를 내고 다시 다른 직장을 찾아야 했다. 인력이 부족한 나라여서인지 쉽게 일자리가 구해졌으나 마땅히 오래 근무할 곳은 좀체 찾을 수가 없었다. 이리저리 떠돌이 생활의 연속이었다.

월급이 밀려도 주지 않는 봉제공장이라서 그만두고 심하게 치근대는 남자 때문에 자수공장도 그만두었다. 한 3개월씩 근무하고 나면 그 회사의 생리를 짐작할 수 있었고 더 이상 몸담을 수 없다는 결론에 이르고는 했었다. 찬밥 더운밥 가릴 처지가 아니면서도 번번이 여기가 아니라는 생각이 들어 어쩔 수가 없었다. 극심한 스트레스로 웃음까지 잃어버렸다.

우연히 부천 소사동의 룸탑 이야기를 들었다. 좀 먼 거리였지만 용기를 내서 찾아 나섰다. 메리와 알렉스라는 부부가 반겨 맞아 주었고 많은 필리핀 친구들도 쟈스민을 환영해 주었다. 우선 룸탑에 머무르면서 새 직장을 찾아보자는 알렉스와 메리부부의 배려 덕분에 룸탑에 머무르기로 했다. 며칠 동안이지만 자주 찾아 주는 필리핀 친구들이 많아지면서 극심한 외로움은 극복할 수 있었다.

세상에 나쁜 사람보다 좋은 사람이 훨씬 많음에도 좀체 만날 수 없던 좋은 사람을 드디어 만났다. 이런 좋은 분을 만나게 하려 하나님께서는 그렇게도 오래 뜸을 들이셨는지도 모른다는 생각도 들었다. 룸탑으로 쟈스민을 데리러 온 사장님은 40세쯤으로 보이는 한쪽 다리를 조금 절름거리는 장애인이었다. 첫눈에 인자하다는 느낌이었고 몇 마디 영어로 물어보는 억양도 무척 부드러웠다. 서툴게나마 영어를 할 수 있는 분이어서 무엇보다도 좋았다. 의사소통의 문제로 작업의 어려움이 너무 컸을뿐더러 그게 원인이 되어 서로 얼굴을 붉히고 회사를 그만둔 적도 있었기 때문이었다. 공장에는 기숙사가 있었고 필리핀 남자 근로자도 두 명이나 있었다. 필리핀 남자 근로자들은 공장건물에 딸린 기숙사를 사용했으나 쟈스민은 사무실과 식당으로 쓰는 본관의 2층 기숙사를 사용했다. 사장님도 기숙사에서 숙식을 했으며 일요일만 잠깐 집을 다녀오고는 했다.

하룻밤 묵지도 않고 그날로 돌아오는 것은 사장님이 독신이기 때문이라고 했다. 인자한 분으로 보이지만 그도 남자여서 치근댈 거라고 잔뜩 긴장했는데 다행히 사장님은 쟈스민을 안중에도 없어 했다. 기숙사 복도 중간에 있는 문을 쟈스민 쪽에서 잠그도록 만들어 주었다. 아래층을 이용할 때는 서로 다른 쪽 계단을 이용해야만 했다. 남자로부터의 안전을 최대한 배려한다는 뜻이기도 했다.

공장장은 아침마다 몇 명의 아주머니들을 태워 함께 출근했다. 쟈스민은 아주머니들이 하는 포장작업부터 배웠다. 알아듣지 못할 농담을 하고 깔깔거리고 웃을 때는 혹시 쟈스민을 흉보는 건 아닌가도 했지만 그리 신경 쓸 일은 아닌 것 같았다. 주방 아주머니 한 분이 매일 기숙사 식당에서 점심식사를 준비했다. 필리핀 남자들은 한국식사가 비위에 맞지 않는다며 저희들끼리 공장에 딸린 주방에서 따로 식사를 해결했지만 쟈스민은 한국음식에 큰 거부감이 없어 한국 사람들과 함께 식사를 하기로 했다. 가끔 쟈스민에게 설거지 정도의 심부름을 시키기도 했지만 주방 아주머니는 친절해서 좋았다.

쟈스민은 자청해서 조리를 거들기도 했다. 한국요리 한두 가지쯤 배워 두면 요긴하게 쓰일 날도 있을 것 같아서였다. 주방 아주머니는 사장님의 저녁식사와 다음 날 아침식사까지 준비해 놓고 퇴근을 했다. 아침식사 때가 되면 준비해 둔 식사를 사장님 스스로 찾아 먹고는 했다. 하지만 아침은 거의 먹는 둥 마는 둥 한다 했다. 준비해 둔 아침 식사가 점심때까지 그대로 있는 날도 제법 많았지만 그렇다고 아침식사를 준비해 두지 않을 수도 없는 것이어서 주방 아주머니는 늘 신경이 곤두선다고 했다. 사장님의 게으름이 아닌 반찬이 부실한 탓으로 아침을 거르는 건 아닌가 싶어 출근하기가 무섭게 차려 두었던 사장님의 아침식사에부터 눈길이 간다고 했다.

어느 날 주방 아주머니가 쟈스민에게 사장님 아침상 좀 봐 주면 어떠냐는 제의를 해 왔다. 이왕 아침식사를 준비하는 거라면 이미 끓여 논 국을 데우거나 찌개를 데우는 정도는 할 수 있는 거 아니냐고 쟈스민을 채근했다. 쟈스민도 할 수 있는 일이기는 하지만 사장님과 대하는 일이 괜히 신경이 쓰이는 일이라 난색을 표했다. 아주머니는 한국말 영어 바디 랭귀지까지 동원해서 며칠 동안을 졸라 댔다. 단지 준비된 음식을 데워서 주기만 하면 된다는데도 너무 빼는 것 아니냐며 퉁을 주기도 해서 결국은 그렇게 하기로 했다. 언어가 다르더라도 꾸준히 대화를 나누다 보면 언어가 아닌 표정과 마음으로도 진심이 통할 수 있다는 것을 알았다.

사장님의 아침 식사 챙기기는 쟈스민의 몫이 되었다. 가끔은 쟈스민의 필리핀식 반찬도 한두 가지 사장님의 밥상에 올랐다. 사장님은 너무 맛있다고 칭찬해 주었다. 비록 입에 바른 소리라

해도 쟈스민은 신이 났다. 쟈스민이 아침상을 보기 시작하면서 사장님은 한 번도 식사를 거르지 않았다. 한 그릇 아침밥을 뚝딱 해치우고는 했다. 쟈스민의 음식솜씨가 곁들여 진 때문이라며 아주머니는 쟈스민을 한껏 띄워 주었다. 하지만 쟈스민은 꼬박꼬박 아침을 챙겨 주는 지신의 성의를 무시하지 못하는 사장님의 배려 때문이라는 생각이 들었다. 아침에 일어나 샤워를 하고 식당으로 내려가 아침상을 준비하고 인터폰으로 사장님을 깨우고 쟈스민은 콧노래가 저절로 나왔다. 몸은 고단할지언정 마음이 편하다는 것이야말로 세상에서 가장 큰 행복이라는 생각이 들었다.

도배 풀 공장의 현장은 풀 끓이는 열기로 항상 뜨거웠다. 하루 두 번씩 샤워를 해도 땀 냄새를 풀풀 풍겼다. 필리핀 남자 근로자들은 땀으로 흠뻑 젖은 작업복을 입고 다녔는데 그들이 지날 때마다 아주머니들은 코를 막았다. 한국 사람들과는 또 다른 아주 지독한 냄새라고 했다. 쟈스민이 없는 자리에서 쟈스민 역시 같은 소리를 들을까 열심히 샤워를 했다. 고국에서는 생각지도 않았던 화장을 시작했으며 향수를 사용하기도 했다. 생활이 안정될 수 있는 것도 좋았고 고국의 가족들에게 꼬박꼬박 송금도 할 수 있어 더 좋았다. 종종 남편의 편지를 받았고 초등학교 2학년 4학년인 아들딸에게서도 사진까지 동봉한 편지를 자주 받았다. 일요일에는 거르지 않고 성당을 찾았다.

여름이 가고 가을이 지나고 계절의 변화도 신기하기만 했다.

무성했던 나뭇잎들이 붉게 또는 노랗게 물들어 떨어졌다. 책에서만 배워 오던 먼 나라 이야기를 몸소 겪고 있는 것도 즐거웠다. 첫눈이 내리던 날은 너무도 신기해서 잠을 잘 수조차 없었다. 아무도 없는 공장 마당에 소복이 쌓인 눈을 밟고 뭉치고 굴리고 아이들에게 보내고 싶어 수십장의 사진도 찍었다. 차츰 추위가 심해지면서 계절의 변화가 즐거운 것만도 아니라는 것을 알았다. 이미 두 번째 맞는 겨울이지만 한국의 겨울나기는 정말 고통이었다. 샤워를 마치고 나면 온몸이 부들부들 떨렸다. 감기가 걸리고 몸져누웠을 때도 하루 이상은 누워 있지 않았다. 건강하지 못한 일꾼을 회사가 필요로 하겠는가 싶어 기를 쓰고 일어나 일을 했다.

그래도 샤워는 해야 했다. 덜 말라 뻣뻣한 머리칼을 쳐다보며 주방 아주머니가 혀를 끌끌 찼다. 참으로 이해하지 못하겠다는 표정이었지만 죽어라고 샤워는 했다. 습관은 어쩔 수가 없었다. 겨울이 그렇게 길게 느껴지는 건 견디기 힘든 혹독한 추위 때문이었으리라. 그래도 시간은 흘러갔고 봄이 왔다. 공장 울타리를 따라 개나리꽃이 활짝 폈고 그냥 꽃이려니 했던 개나리꽃이 올해는 한층 더 아름답게만 보였다.

토요일 저녁 무렵이었다. 작업을 끝내고 기숙사에서 쉬고 있는데 필리핀 남자 근로자인 피터와 노엘이 찾아왔다. 룸탑에서 만나던 필리핀 친구의 생일에 초대를 받았다며 쟈스민도 함께 가

자고 했다. 오랜만에 한국에 와서 배운 얼굴 마사지도 하고 메이크업에도 정성을 들였다. 거울에 비치는 예쁜 자신을 발견하고는 가벼운 미소마저 떠올랐다. 외출복으로 갈아입으며 아직도 완벽한 허리선이며 탱탱한 가슴까지 자랑스러우리만큼 완벽한 자신이 뿌듯했다. 순간 힘껏 안아 주던 남편의 얼굴이 스쳐 지났다. 밖에서 빨리 나오라는 피터의 외침을 듣고서야 서둘러 방을 나섰다. 오늘이 토요일이라 사장님은 집에 다녀올 것이니 저녁 챙기는 일은 안 해도 된다 했는데 주방에서 인기척이 났다. 언제와 있었던지 주방에서 나오던 사장님이 메이크업한 쟈스민의 얼굴이 놀랍다는 듯 환하게 웃었다.

"Are you going out?"

사장님의 영어 실력이 완벽하지는 못했다. 주어 동사가 뒤바뀌고 과거 현재가 왔다 갔다 했다. 그래도 의사 전달에는 무리가 없었다. 어려운 문장이 필요할 때는 단어만으로도 그리고 약간의 몸짓만으로도 의사전달이 가능했다. 바디랭귀지는 훌륭한 국제 공용어가 틀림없었다.

"Yes sir, One of my friend, His birthday, We are invited."

쟈스민은 가볍게 웃었다.

"Where-? What time will you back home-?"

조금 먼 곳이어서 어쩌면 자고 내일 돌아올지도 모른다고 노엘이 이야기해 준 대로 말씀드렸다. 밖에서 피터와 노엘이 기다리고 있다는 것을 알자 사장님은 저녁상 준비마저 당신이 하겠다며 쟈스민을 밖으로 밀어냈다.

"Take your sell-phone. Never forgot it."

사장님은 핸드폰을 챙기라고 했다. 밖으로까지 따라 나와 피터와 노엘에게도 똑같은 당부를 했다.

생일을 맞은 친구의 집은 꽤나 먼 거리에 있었다. 회사에서 빌려준 아파트에 살고 있었으며 쟈스민 일행이 도착했을 때는 이미 많은 필리핀 친구들이 모여 있었다. 현관에는 신발 둘 곳도 없어 거실 입구까지 신발이 쌓여 있었다. 방으로 들어서자 이 방 저 방 엉덩이를 붙일 틈도 없도록 북새통이었다. 거실 한켠에 겨우 자리를 잡았다. 미리 와 있는 얼굴 아는 친구들이 새 친구들을 소개해 주었다. 혹시나 했지만 같은 고향사람은 한 사람도 만나지 못했다. 어쩌다 고향이 같은 친구들끼리는 더욱 반가워하며 가깝게 어울렸다. 술을 좋아하는 친구들은 술이 그들을 한자리에 묶었고 이미 술이 거나한 친구들도 제법 많았다. 쟈스민도 룹탑에서 만나 알고 있는 친구들과 가슴이 후련하도록 수다를 떨었다.

앉아 있기만도 좁은 방이고 보면 잠자기는 틀렸다는 생각이 들었고 하룻밤쯤이야 앉아서 새운들 대수냐 싶기는 했다. 자정이 조금 지나서였다. 저쪽 방에서 술이 조금 과하다는 느낌의 한 남자가 술주정을 부리기 시작했다. 얼굴도 험상궂게 생겼고 덩치도 무지하게 컸다. 아까부터 쟈스민을 흘끔거리며 쳐다봐서 은근히 신경이 쓰이고 있는 중이었다.

"관심 보이지 마. 전과자에다 도망자라는 소문도 있어. 같은 고향친구도 협박해서 돈을 뜯어낸다는 나쁜 놈이래. 알려 주지 않아도 생일파티는 어떻게 알아내는지 제일 먼저 찾아온대나?"

그를 잘 알고 있는 듯한 친구가 귀띔을 해 주었다. 주위의 다른 남자들이 눈치를 살피다가 슬그머니 다른 자리로 옮겨 앉는 모습도 보였다. 모두들 그를 피하는 눈치였고 시간이 갈수록 사내 옆에서는 조금씩 사람들이 사라져 갔다. 마침내 그 사내가 비틀거리며 쟈스민 옆으로 옮겨 왔다.

"반갑소."

사내의 말투는 거칠었다. 역한 알콜 냄새가 입 냄새에 묻어 코를 찔렀다. 쟈스민은 가슴이 움츠러들어 아무런 대꾸도 하지 못했다. 잘못 대꾸했다가 괜한 시비에 말려들 것도 같았고 아무반응을 보이지 않다 보면 제풀에 재미없어 돌아가리라는 생각도 들어서였다.

"한잔합시다."

사내는 작은 두 개의 종이컵에 소주를 따랐다. 그리고 잔을 쟈스민 얼굴 앞에 불쑥 내밀었다. 쟈스민은 외면을 했다.

"한잔합시다."

아무 반응을 보이지 않자 사내는 들고 있는 소주잔을 쟈스민 코 앞까지 밀어 댔다. 주위는 찬물을 끼얹은 듯 조용했다. 잔을 받지 않으면 더 큰 화를 당하지 않을까 걱정됐다. 소주잔을 받았다. 사내는 건배까지 요구했다. 어쩔 수 없는 상황이었다. 작은 종이컵의 소주잔을 사내에게 내밀었다.

"Cheers-!"

제대로 가누지도 못해 떨리는 사내의 소주잔에서 찔끔찔끔 소주가 넘쳐흘렀다. 이미 꽤나 많은 여자애들이 사내의 눈치를 살피며 자리를 이동하고 있었다. 사내는 다시 잔을 권하면서 이번에는 러브샷을 하자고 했다. 쟈스민은 속이 끓었지만 억지미소를 보이며 거절했다. 사내는 치근대기 시작했다. 쟈스민을 껴안으려 들기도 했다. 모두들 겁이 났던지 아무도 그를 제지하지 못했다. 쟈스민은 발딱 일어섰다. 멀리서 바라보기만 하던 풀 공장의 피터와 노엘이 그제야 슬그머니 다가왔다. 주정을 하는 사내에게는 아무 말도 못 하고 쟈스민을 문밖으로 밀어냈다.

"와장창창!"

요란한 소리를 내며 쟈스민이 앉아 있던 다과상이 엎질러졌다. 사내가 양손으로 들어 엎어 버린 때문이었다, 비틀거리며 일어서더니 냅다 발길질로 엎질러진 다과상을 밟아 버렸다. 파티장은 순식간에 아수라장으로 변했다. 쟈스민은 셀 폰을 꺼내 들었다. 도움을 청할 사람으로 제일 먼저 사장님 얼굴이 떠올라서였다.

"Where-? Where are you?"

잠에서 깨어난 사장님의 놀란 목소리가 들렸다. 잠을 깨워 도움을 청할 만큼의 다급함을 어떻게 설명해야 할지를 몰랐다. 쟈스민은 상황 설명을 못 한 채 셀 폰을 들고만 있었다. 멍하니 전화기를 들고 있는 동안 전화기를 통해 전해지는 사내의 요란한 고함만으로도 이미 사장님은 어떤 일인지를 짐작하는 것 같았다.

"어디야. 빨리 말해 데리러 갈게."

여기가 어디인지를 모르는 쟈스민은 노엘에게 셀 폰을 건네주었다. 그리고는 재빨리 현관으로 나가 신발을 챙겨 신었다. 사내는 혼자 고래고래 소리를 지르고 있었다. 피터와 노엘이 쟈스민의 핸드백을 챙겨 들고 함께 아파트현관을 빠져나왔다.

버스를 타고 한 시간은 걸렸던 것 같은 거리임에도 20분도 채지나지 않아 사장님의 차가 나타났다. 사장님의 차를 보는 순간반가움으로 눈물이 왈칵 솟았다. 피터와 노엘은 어쨌거나 여기서 자고 내일 돌아가겠다며 쟈스민만 사장님 차 쪽으로 밀어 보냈다. 아파트 입구를 돌아 봤더니 그 사내가 부축하는 동료들을 뿌리치고 비틀거리며 이쪽으로 오고 있었다. 쟈스민은 보라는 듯천천히 걸어서 사장님의 차를 탔다. 차에 막 오르면서 돌아보니사내는 더 이상의 접근을 포기한 채 멍한 표정으로 굳어 있었다. 그도 먼 이국의 불법체류자임을 실감하는 순간이었으리라. 돌아오는 차 안에서 사장님은 조심스럽게 이야기를 시작했다. 이 세상 어디에라도 사람 사는 인심은 같은 것이어서 좋은 사람이 있는 반면 나쁜 사람도 있게 마련이라고 했다. 나쁜 사람과는 가까이 하지 말아야 하며 스스로 조심하는 것만이 자신을 보호하는 최선의 방법이라고 했다. 공장 정문이 보이면서 비로소 마음이 편안해졌다. 사장님은 기숙사 입구 쟈스민의 방문 앞까지 데려다 주었다.

"푹 자도록 해. 자고 나면 기분이 좋아질 거야."

사장님은 쟈스민을 가볍게 안아 등을 토닥거려 주었다. 쟈스민은 재빨리 사장님의 가슴에 얼굴을 묻었다. 떨어지고 싶지 않았다. 오래오래 이렇게 있고 싶었다. 사장님이 쟈스민을 가볍게 밀어내며 방문을 열어 주었다. 방 안으로 들어서자 늘 아늑하기만 했던 방 안이 갑자기 썰렁하게 느껴졌다. 샤워를 하고 침대에 누웠으나 쉽게 잠이 올 것 같지가 않았다. 동물적인 본능으로 아랫도리가 근지러워지고 쫄밋거렸다. 아랫도리에 손을 대고 부지런히 움직였다. 머릿속에는 남편과 사장님의 얼굴이 번갈아 교차되고 있었다.

다시 일상으로 돌아온 쟈스민은 더 열심히 일했다. 사장님의 따뜻한 마음이 읽혀져서 좋았다. 사장님과 직원만의 관계가 아닌 인간적인 따스함이 사장님에게 배어 있었기 때문이었다. 컨베이어를 타고 나오는 제품을 부지런히 포장하고 있는데 공장장이 셀 폰을 들고 공장 안의 소음을 피해 황급히 밖으로 나갔다. 다시 돌아온 공장장이 직원들에게 뭐라고 이야기를 하자 갑자기 공장안은 술렁이기 시작했다. 뭔가 급한 일이 생겼나 본데 알 수가 없었다.

"무슨 일이에요?"

옆자리의 아주머니에게 물었다.

"사장님이 교통사고로 다쳤대."

"뭐요? 뭐요?"

쟈스민은 사장님 소리는 알아들었는데 그다음 말은 이해하지 못했다. 한참 후에야 노엘이 교통사고임을 알려 주었다. 순간 쟈스민은 가슴이 철렁 내려앉았다. 갑자기 사장님의 안위가 무척 궁금했다. 공장장이 차를 몰고 황급히 사라졌다. 다시 공장장이 돌아오기만 기다리는데 일각이 여삼추였다. 거의 퇴근 무렵에야 돌아온 공장장은 사장님이 병원에 입원했다는 소식을 전했다. 어디를 얼마만큼 다쳤다는 설명도 해 주었지만 알아듣지 못했다.

저녁식사를 마치고 기숙사 방에서 TV를 보고 있었다. 종일 피로가 일시에 몰려와 저도 모르게 스르르 잠이 왔었고 깜박 잠이 들었다. 얼마를 잤는지도 모르며 리모콘을 눌러 TV를 껐다. 그리고 다시 제대로 잠을 자려는데 갑자기 잠이 오지 않았다. 눈이 말똥거리며 하지 않아도 될 사장님 걱정을 했다. 이런 걱정 저런 걱정은 비약을 시작했다. 만약 사장님이 없어 공장 문이라도 닫게 된다면 나는 또 어디로 가야 하느냐까지 생각이 떠오르자 쟈스민은 벌떡 일어났다. 꽤 오래 잔 것 같았으나 시계는 밤 9시를 가리키고 있었다. 공장장님의 셀 폰 번호를 꾹꾹 눌렀다. 공장장은 비상시 연락하라고 알려준 쟈스민의 전화를 받고는 공장에 무슨 일이 일어났는가 싶어 깜짝 놀라했다. 사장님 입원한 병원을 묻자 공장장은 네가 왜 알고 싶으냐고 한참을 어이없어 했다. 기가 막힌다면서도 병원과 입원병실을 알려 주었다. 쟈스민은 잊어버릴까 종이를 꺼내 메모했다. 그리고는 부랴부랴 외출복으로 갈아입었다. 잘 간직해 둔 지갑의 현금도 챙겼다. 드문드문 가로등이 있어도 조금은 어둡게 느껴지는 길을 달리다시피 걸었다. 큰길에 나왔으나 도심에서 조금 떨어진 변두리라 이미 인적은 뜸했고 차들도 드문드문 다녔다. 택시가 오기를 기다렸으나 좀체 나타나지 않았다. 고급 승용차 한 대가 스르르 쟈스민 앞에 멈췄다. 뒷자리를 가리키며 타라는 시늉을 했지만 쟈스민은 일 없다는 듯 되돌아서 공장을 향해 걸었다. 설령 그가 착한 사람이라도 사장님이 알려 준 대로 일단은 믿지 않기로 했다. 고급차가 사라진 후에야 쟈스민은 다시 큰길로 나왔다.

스피드를 내며 한껏 달리던 택시를 향해 손을 번쩍 들었다. 택시가 쟈스민을 지나 멀찌감치 멈춰 섰다가 후진을 했다. 다행히 택시기사와의 의사소통은 어렵지 않았다. 영어를 조금 알고 있었고 외국인을 위한 특별 영어교육을 받았다고도 했다. 고맙다는 의미로 미터 요금에서 잔돈은 팁이라며 받지 않았다.

링거를 꽂고 머리를 높이한 채 사장님은 침대에 누워 있었다. 하얀 시트 때문인지 사장님의 얼굴은 무척이나 창백해 보였다. 허리가 굽은 할머니 한 분이 침대 옆에 계셨는데 쟈스민이 다가가자 어리둥절해했다. 인기척에 눈을 뜬 사장님은 깜짝 놀라면서도 순간 반가운 표정이 스치는 것 같았다. 할머니는 사장님의 어머니셨고 사장님이 기숙사에 기거하는 동안 홀로 집에 계시는 분이셨다. 사장님은 어떻게 여기까지 왔느냐고 물었으며 고맙지만 늦기 전에 빨리 돌아가라고 했다. 올 때는 귀신에 홀린 양 정신없이 쫓아왔는데 막상 병원에서의 쟈스민은 민망해지기 시작했다. 우선 간호사들이 이상한 눈으로 쳐다봤다. 사장님께 큰 누를 끼치는 것 같아 점점 몸 둘 바를 몰랐다. 눈치를 읽은 사장님은 쟈스민을 침대 옆 간이침대로 사용하는 긴 의자에 앉으라고 했다. 타박상 정도의 부상이지만 차가 전봇대를 부딪치는 순간 머리를 부딪쳐 잠깐 정신을 잃었다고 했다. 마주 오던 차가 갑자기 중앙선을 넘어 피하려다 일어난 흔한 사고 중의 하나라는 설명도 해 주었다. 여러 가지 검사에 이상이 없음에도 단지 정신을 잃었던 이유 때문에 최소한 오늘밤은 입원을 해야 한다는 소상한 설명도 해 주었다.

"참하기도 하고 예쁘게도 생겼다."

물끄러미 쟈스민을 쳐다보던 할머니가 쟈스민의 등을 다독거렸다.

"색시 마침 잘 왔어. 나는 집에 가야 하니까 색시가 오늘 여기 지켜 줘!"

할머니가 주섬주섬 가방을 챙겼다. 사장님은 잊은 것 없는지 한 번 더 할머니를 챙겼다. 쟈스민에게도 할머니와 함께 택시를 타고 돌아가라고 했는데 낌새를 느낀 할머니가 쟈스민을 긴 의자에 눌러 앉히며 극구 만류를 했다.

"나는 내가 맡아 기르고 있는 외손자가 있어서 가 봐야 해. 안 그래도 색시 올 때 이미 돌아가려던 참이었어. 걱정했는데 색시 있어서 마음이 놓이는구면."

사장님도 더 이상 아무 말이 없어서 쟈스민은 할머니를 택시에 태워 떠나보내고 다시 병실로 돌아왔다. 사장님은 눈을 감고 있었다. 쟈스민이 간이침대에 앉자있자니 병실에 있던 모든 사람들의 시선이 쟈스민에게로 쏠렸다. 따가운 시선을 온몸으로 느끼며 또 다시 사장님께 누가 되지나 않을까를 걱정했다. 미처 깊은 생각도 않고 정신없이 달려온 자신을 후회했다. 지금이라도 돌아가야 할 것 같아서 망설여지기 시작했다. 그때 간호사가 나타나 돌아가며 환자들에게 뭔가를 체크하기 시작했다.

"우리 식구입니다."

사장님이 의아해하는 입원실 모두들에게 쟈스민을 소개했다. 공장에 함께 기거하는 식구라는 의미였지만 듣기에 따라 해석이 다를 수도 있었다. 병실 사람들은 의문이 풀렸다는 듯 고개를 끄덕이는 사람도 있었다. 음료수를 나눠 마시자며 서툰 영어로 말을 걸어오기도 했다.

"대부분 동남아 처녀들의 인물이 그저 그런데 저 아가씨는 너무 예쁘다."

어떤 아주머니가 옆 사람과 소근거렸다. 쟈스민의 귀에는 '예쁘다'라는 말만 들렸다. 가시방석처럼 불안하게 느껴지는 건 여전했다. 밤이 깊어 가자 병실이 조용해지면서 조금씩 쟈스민도 안정을 찾았다. 공장 사람들이 전혀 없는 또 다른 곳에서 사장님과 함께 있는 때문인지 가슴이 설레었다. 별로 하는 일도 없었다. 사장님이 한두 번 더 돌아가기를 권했지만 쟈스민은 괜찮다고 했다. 자정이 넘자 보호자들은 긴 의자의 간이침대에 누워 잠을 청했다. 쟈스민도 간이침대에 새우등을 하고 누웠다. 고향의 가족이 떠오르기보다 침대 위의 사장님에게만 신경이 집중됐다. 알지도 못할 흥분으로 밤새 잠이 오지 않았다. 새벽녘에 얼핏 조금 눈을 부쳤을 뿐이었다. 아침 6시도 채 되지 않아 보호자들이 일어나 부산을 떨었다. 사장님은 오늘은 혼자 있어도 괜찮다는 당직 간호사의 설명을 통역해 주며 돌아가라고 했다. 슬며시 간밤의 행동이 부끄럽기도 하고 멋쩍기도 했다. 쟈스민은 사장님께 인사도 제대로 하지 못한 채 부리나케 공장으로 돌아왔다. 무척이나 긴 하룻밤이었다.

사장님은 하루가 더 지나서야 퇴원을 했다. 사장님이 퇴원해 회사로 돌아오던 날 쟈스민은 공연히 가슴이 두근거렸다. 쟈스민에게 따로 고맙다는 인사를 해 주며 손을 잡아 주었을 때는 얼굴이 달아오르고 가슴이 팔딱팔딱 뛰었다. 공연히 사장님을 똑바로 쳐다볼 수가 없었다. 눈빛이 마주치면 그냥 이유도 없이 홍당무가 되어 재빨리 얼굴을 돌려 애써 외면을 했다. 사장님도 전혀 관심이 없는 척했다 하지만 쟈스민은 자신의 일상에 늘 사장님의 관심이 따라 다님을 직감으로 느끼고 있었다. 외출할 때는 행선지와 돌아오는 시간을 묻기도 하고 조금만 늦어지면 전화를 했다. 별로 생각이 없다는 식사도 쟈스민이 챙겨 주면 한 그릇을 모두 비웠다. 회사 내에서 사장님이 쟈스민에게 과잉친절을 베푼다는 소문이 나돌았다. 좋아하고 있는 것 같다는 소문도 뒤를 이어 따라다녔다.

"쟈스민. 사장님이 너 좋아하니?"

아주머니들은 쟈스민을 이야깃거리로 삼아 수다를 떨었다. 등 뒤에서 수군거리다 까르르 웃기도 했다. 그럴수록 쟈스민도 점점 더 사장님을 향한 관심이 커져만 갔다. 자상하고 심성 고운 남자가 왜 혼자 사는지가 궁금하기만 했다. 결혼하고 6개월 만에 이혼을 했다고 하는데 도무지 믿기지가 않았다. 고운 심성에다 인격마저 훌륭한 사람이라 이혼할 사람 같지도 않을뿐더러 설령 이혼을 했다손 쳐도 다시 재혼을 해도 몇 번은 했어야 할 사람이었다. 쟈스민은 갑자기 생활에 활력이 넘쳤다. 하루하루가 즐거움의 연속이었다. 사장님의 식사 수발에 신이 나기도 했다. 딱잘라 일의 분담을 정한 것도 아닌데 어느 순간부터 사장님의 식사는 쟈스민의 몫이 되고 말았다. 주방 아주머니는 회사 직원들의 식사만 준비하는 것으로 일이 대폭 줄었다. 편히 쉴 수 있는 방, 일할 수 있는 직장, 고향 가족에게 매월 송금할 수 있는 밀리지 않는 월급만으로도 족했는데 사장님의 따뜻한 보살핌까지 있어 쟈스민은 꿈이 아닌가 싶기도 했다.

일요일마다 성당 가는 일은 게을리하지 않았다. 하나님께 감사해야 할 일들이 너무 많기 때문이었다. 외출 중이면 가끔 사장

님께서 전화를 걸어 왔다. 쟈스민의 안전을 체크하는 것이라고
했다. 친구들과 어울려 놀다 늦게 돌아오는 날이면 사장님의 전
화가 빗발쳤고 전철역에는 승용차를 대기시킨 마중 나온 사장님
이 항상 기다리고 있고는 했다.

단풍잎이 곱게 물드는 가을 어느 공휴일이었다.

쟈스민은 일찍 일어나 빨래를 마치고야 사장님의 식사를 챙겨
드렸다.

"쟈스민!"

사장님이 식탁에 앉으며 빙그레 웃었다.

"오늘 뭐 할 일 있어?"

"아뇨, 별일 없는데요."

무슨 일이라도 시키려나 보다 싶었다.

"한국에 와서 어디어디를 구경했지?"

"롯데 월드, 경복궁, 그리고…."

"아니, 가을 날씨가 너무 좋아서…. 어디 바람이라도 쏘일까
싶은데…."

"……."

"우리 공장 식구들 중 필리핀 친구들 세 명만이라도 강화도 전
등사 구경이나 갈까?"

쟈스민은 가슴이 두근거렸다. 셀 폰을 들고 급히 피터와 노엘
에게 알려 주었다. 그런데 미적거리는 노엘의 대답이 시원치가
않았다. 식사를 마치고 방으로 돌아온 쟈스민은 정성껏 화장을

했다. 별로 없는 옷가지임에도 이거저것 골라 걸쳐 보기도 했다. 오래전에 사 두고 잊고 지내던 예쁜 모자도 꺼내 눌러써 봤다. 밖으로 나오자 사장님은 자동차 먼지를 털고 있었고 피터와 노엘은 이미 도착해 있었다.

"쟈스민, 우리는 룹탑에 가야 할 다른 일이 있어. 너나 사장님과 즐겁게 놀다가 와."

노엘이 쟈스민에게 다가와 귓속말로 소곤거렸다.

"Sir, We have another appointment. thats why we have to go….".

무슨 일이냐고 묻기도 전에 피터와 노엘은 손을 흔들며 서둘러 회사정문을 빠져나갔다. 쟈스민은 쭈뼛거리며 사장님 옆자리에 올랐다. 단둘이라는 게 가슴이 두근거리면서도 부담이 갔다. 도심을 지나 한강변으로 접어들자 온몸이 날아가는 것처럼 가벼워졌다. 바깥 풍경이 필리핀과는 너무 달랐다. 나무가 다르고 숲이 달랐다. 지저분하고 산만하기만 한 고향의 강변과는 달리 깨끗하게 잘 정돈되어 있었다. 사장님은 오래된 팝송을 낮은 볼륨으로 틀어 주었다. 얼굴이 자꾸만 화끈거렸다.

전등사 입구 주차장은 이미 차들이 넘쳐나고 있었다. 불교사원 구경은 처음이어서 설레기만 했다. 불법 취업자라는 굴레에 묶여 구경하고 싶은 곳도 마음대로 갈 수가 없었다. 어쩌다 어디의 누가 체포되어 송환되었다는 이야기를 들으면 그 주일은 성당에 가는 것도 망설여졌었다. 외출은 언제나 불안했다. 외모나 피부가 한국 사람과 비슷해서 얼핏 구분이 가지 않는 친구가 있었는데 쟈스민은 항상 그녀가 부러웠었다. 거리를 활보하더라도 일단은 쉽게 의심받지 않을 것이기 때문이었다. 쟈스민은 피부마저 까무잡잡해서 한눈에 외국인임을 쉽게 알 수 있는 얼굴이었다. 매표소를 지나 성문처럼 보이는 입구를 지나면서 그림으로만 보아 오던 중국 건축물과 비슷하다는 생각이 들었다. 언덕길을 오르면서 굽 높은 신발 때문에 걷기가 힘들었다. 거리를 두고 걸어가던 사장님이 옆으로 바싹 다가왔다.

"내가 미처 신발에 관한 생각은 못 했네. 미안해 어쩌나!"

"아니 괜찮아요. 걸을 수 있어요. 걱정하지 마세요."

대답을 하면서도 쟈스민은 기우뚱거렸다.

"자 나를 잡아요."

사장님은 슬그머니 쟈스민의 손을 잡았다. 언덕길을 오르는 때문만이 아닌 이유로도 숨이 가빴다. 절 입구를 지나 평지에 이르러서야 사장님은 쟈스민의 손을 놓아 주었다. 사장님의 따뜻한 온기는 쟈스민의 손에 계속 남아 있는 것 같았다. 가장 큰 부처님이 모셔진 곳에서 사장님은 신발을 벗고 법당으로 들어섰다. 쟈스민에게도 함께 들어가기를 권했지만 어색해서 밖에서 기다리기로 했다. 사장님은 향불을 집히고 몇 번인가 넙죽 절을 올렸다. 성당에서의 기도와 같은 예식이라고 미루어 짐작했다. 사장님이 돌아 나오자 쟈스민은 재빨리 사장님 옆으로 다가갔다. 홀로 서 있는 외국여자가 신기하다는 듯 흘끔거리는 주위 사람

들의 시선이 느껴져서였다. 주위의 시선을 받는 것은 항상 불안
했다. 혹시 출입국 관리소 직원이라도 있어 불쑥 쟈스민을 잡아
갈까도 두려웠다.

"뭐 하신 거예요?"

"오랫동안 쟈스민과 함께 일할 수 있게 해 달라고 기도했지!"

"……."

"훌륭한 일꾼은 놓치고 싶지 않아서야."

일꾼으로만이 아니라는 느낌이 들자 쟈스민은 다시 가슴이 팔
딱팔딱 뛰었다. 언덕 위의 다른 건물로 이동하면서 쟈스민은 사
장님의 팔짱을 꼭 끼었다. 사장님은 어깨에 힘주어 쟈스민의 팔
짱 낀 팔목을 꾸-욱 눌러 주었다.

처음 보는 불교사원의 모든 것이 신기하기만 했다. 관광 가이
드가 되어 준 사장님은 동전이 쏟아져 있는 작은 연못, 쓰러져
가는 향나무 앞을 지나 기념품 파는 가게에서는 설명을 하다가
익살을 떨기도 했다. 회사에서는 어렵기만 하던 사장님의 새로운
모습이었다.

'이렇게 자상하신 분이 왜 이혼을 했을까? 그리고 재혼은 왜
아직까지 하지 않았을까?'

'전혀 흠이 없는 분인데…. 혹 성적인 핸디캡이라도…?'

엉뚱한 생각이 들자 쟈스민은 배시시 혼자 웃었다. 단풍이 곱
기도 했지만 단풍이 들고 낙엽 지는 계절의 변화가 더 신기했다.

겨울이 가고 봄이 가고 여름도 가고 계절의 변화는 신비에 가까 웠다. 죽어 말라비틀어진 나무에도 봄이 오면 어김없이 새싹이 돋았다. 죽은 나무에서 새싹이 돋는 것만큼 신기한 일은 처음이 었다. 무성하게 자라던 나뭇잎들이 형형색색으로 변해 있는 길을 따라 걸었다. 일부러 낙엽을 밟아 보기도 했다. 울긋불긋 불타는 듯한 언덕길을 내려오면서 사장님은 어떤 메뉴로 식사를 하겠느 냐고 물었지만 쟈스민은 어떤 메뉴가 있는지를 몰랐다. 메뉴에 따라 식당의 선택이 달라진다고 했다.

"It's up to you!"

주차장이 보이는 곳, 즐비하게 늘어서 있는 식당가에서 기웃 거리던 사장님이 한 식당으로 들어섰다. 비빔밥이라고 했다. 고 추장을 덜어내고 맛 간장으로만 비벼 준 비빔밥으로 점심을 먹 었다. 사장님이 몸소 비벼 주는 밥을 먹으며 쟈스민은 공주가 된 기분이었다. 식당 아주머니는 사장님이 만드신 조리법이 그럴싸 하다며 쟈스민에게 맛이 어떤지를 물었다.

"Delicious! Wonderful!"

그냥 하는 소리가 아니었다. 한 그릇을 냉큼 먹어 치웠다. 식 당 아주머니는 외국인을 위한 새로운 메뉴개발에 도움을 주었다 며 익살을 떨었다. 구석에 보이는 커피머신에서 커피를 두 잔 뽑 았다. 다행히 쟈스민이 할 수 있는 유일한 일이어서 쪼르르 가볍 게 움직이며 신이나 했다. 돌아오는 길, 서쪽으로 기우는 햇살이 잘 보이는 언덕 위에서 차를 세웠다. 멀리 수평선 위로 작은 배들이 떠 있었다. 따사한 햇볕이 좋아서라며 사장님은 잠깐 쉬다가 가자고 했다. 운전석 의자를 길게 누였다. 시트를 만질 줄도 모르지만 누워 있기가 거북해서 괜찮다며 완강하게 거부하는 쟈스민을 안다시피 하며 쟈스민의 시트도 길게 누였다. 금방 무슨 일이라도 닥칠까 불안해서 눈을 감았다.

"어디 먼 데로 훌쩍 떠나고 싶은 기분도 드는데⋯."

누운 채로 사장님은 쟈스민의 한쪽 손을 찾아 살며시 잡았다. 다시 한번 긴장으로 가슴이 팔딱팔딱 뛰었으나 더 이상 움직이지 않는 사장님을 보고야 긴장을 풀었다.

"필리핀 한번 다녀오세요. 우리 남편에게 가이드해 드리라 할 게요."

사장님은 아무 대꾸도 하지 않았다. 불과 5분도 지나지 않아 잡았던 쟈스민의 손을 스르르 놓았다. 가볍게 코고는 소리가 들렸다. 아침 일찍 눈뜨자마자 공장 문을 열고 청소도 하고 배달도 거들고 허드레 일은 거의 사장님이 도맡아 하다시피 했다. 피곤하지 않을 수가 없는 분이었다. 혹 사장님의 단잠을 깨울세라 쟈스민은 쥐 죽은 듯 누워 있었다.

"어쿠! 내가 잠이 들었었나 봐."

다리가 뻣뻣해지고 손이 저리고 온몸이 마구 근질거리는데 다행히 사장님은 잠에서 깨어났다.

"숙녀를 옆에 두고 잠이 들다니 이 무슨 실례를⋯."

누워 있는 쟈스민의 의자를 다시 일으켜 세워 주기 위해 사장님은 쟈스민을 덮치듯 다가왔다. 누운 채로 쳐다보는 사장님의 얼굴이 거의 맞닿을 듯 가까웠다. 눈을 감았다. 잠깐 멈칫하던 사장님이 쟈스민의 의자를 일으켜 세웠다. 차가 출발하면서 차 안에서의 행복했던 긴장이 풀어졌다. 달리는 차 안은 다시 나지막한 팝송이 흘렀고 쟈스민은 흥얼흥얼 따라 불렀다. 일찍 되돌아 나온 탓인지 강화도를 떠나 돌아가는 차량은 밀리는 듯하다가도 술술 빠졌다. 해가 서산에 걸릴 무렵 쟈스민은 공장 기숙사에 도착했다. 공장 입구 큰길가에 있는 마트에 들러 비스킷을 비롯한 주전부리를 샀다. 아침에 외출한 피터와 노엘은 아직 돌아오지 않았다. 아무도 없는 공장에는 "칠복이"라 불리는 진돗개 한 마리가 반갑게 맞아 주었다. 사장님이 주차하는 동안 주전부리 비닐 백은 쟈스민이 가지고 내렸다. 방으로 돌아오자 긴장이 풀리면서 일시에 피로가 몰려왔다. 욕실로 들어가 옷을 훌훌 벗어 버리고 따뜻한 물로 샤워를 했다. 조수석 의자에 자신을 눕히고 일으켜 주던 사장님의 온화한 얼굴이 어른거렸다. 타월로 온몸 구석구석을 닦으며 거울에 비친 자신의 몸매를 살폈다. 아직은 누구라도 탐낼 만큼 탱탱한 온몸을 주욱 훑어 살폈다. 갑자기 파도처럼 외로움이 몰려왔다. 침대로 가 벌렁 누웠다가 자기도 모르게 살큼 잠이 들고 말았다. 깜박 잠에서 깨어났을 때는 이미 어둠이 깔려 있었다. 옷을 챙겨 입고 사장님 방 쪽으로 가는 막혀 있는 복도의 칸막이 문을 개방했다. 주전부리를 들고 사장님 방문을 노크했다. 방문이 열리고 안으로 들어서는 쟈스민을 사장님은 기다렸다는 듯 살며시 끌어안았다.

"이해해 줘!"

그리고는 쟈스민의 입술을 더듬었다.

"No, can't be."(아니, 안돼요.)

"……."

"Can not be."(안 돼.)

"……."

"No! can't be."(아니, 안 된다니까요.)

쟈스민의 나지막한 외침은 차라리 속삭임이었다. 사장님의 손이 분주히 쟈스민의 청바지 지퍼를 내렸다. 사장님의 손을 더 이상 움직이지 못하게 꼭 잡았으나 강하게 밀어내는 남자의 힘에 밀려 이내 스르르 풀렸다. 청바지가 아래로 벗겨지고 티셔츠가 둘둘 말려 머리 위로 떨어져 나갔다. 움츠려들던 온몸에 경련이 일었다. 의지와는 달리 몸이 달아올랐다. 이미 아랫도리는 촉촉이 젖었다. 저항을 포기했다. 오랜 이국생활의 외로움이 자기도 모르게 스스로를 무너지게 하고 있었다.

'몸이 가까우면 마음도 주어지는가?'

까무잡잡한 쟈스민의 탄력 있는 알몸이 희미한 불빛 아래서 유난히도 빛났다.

"I love you!"

사장님은 서둘지 않았다.

"I love you… forever!"

"……."

"…I want to live with you forever, if you don't mind."

쟈스민은 포근하다는 느낌으로 눈을 감았다. 개운하지 않은
가슴 한구석은 애써 덮어 두고 싶었다.

거의 매일이다시피 보내오던 아이들의 편지가 일 년이 조금 지
나면서 뜸해지기 시작했다. 무엇이든 꼭 필요할 때만 편지를 보
내왔다. 마음이 안정되고 엄마가 멀리 떨어져 있는 현실에 적응
하는 모양이었다. 남편의 편지도 조금씩 빈도가 떨어졌다. 쟈스
민이 셀 폰을 사고부터는 편지 대신 거의 전화를 이용했다. 요금
때문에 전화는 언제나 쟈스민 쪽에서 걸었다. 남편은 무척이나
살갑게 전화를 받았고 사랑한다는 말을 입에 달고 살았다. 전화
를 끊을 때마다 키스를 보내 주었고 쟈스민도 셀 폰에 입술을 대
고 빨아 마실 듯한 격렬한 키스를 보냈다.

그동안 보내 준 돈으로 남편은 시장에 가게를 하나 샀고 거기
에서 잡화점을 시작했다. 거의 일 년이 지난 지금의 가게는 제법
손님들이 붐비고 이익도 쏠쏠하다고 했다. 학교가 끝난 아이들
은 거의 매일 아빠 가게에 들른다며 구석자리에 책상까지 들여놓
고 공부를 한다고 했다. 친정어머니와 함께 살고 있는 집은 시장
의 가게로부터 걸어서 10분 정도의 주택가에 있었다. 집안이 너
무 가난해 거처가 불안정했던 남편은 결혼과 동시에 아내인 쟈스
민의 집에 눌러 앉았다. 남편을 일찍 여의고 쟈스민과 단둘이 외

롭게 살아오던 친정어머니가 아들처럼 함께 살기를 원했던 때문이었다.

전등사를 다녀온 그날 밤 이후 쟈스민은 거의 사장님과 함께 밤을 보냈다. 아무도 없는 기숙사인데도 밤이 깊어서야 서로들의 방을 오갔다. 멀리 떨어진 남자기숙사의 다니와 아리엘을 빼고는 떠오르는 달 보고도 짖어대는 칠복이 놈만이 넓은 공장의 밤을 지키는 유일한 가족이었다. 시도 때도 없이 짖어대는 칠복이 놈만 아니라면 한밤중의 공장은 귀신이라도 나올 법한 고요뿐이었다. 혼자 있어 너무 외로울 때는 자주 사진 속의 가족들과 만났다. 아이들과 마주하면 가슴은 언제나 저리고 아렸다. 남편보다 아이들이 더 간절하게 보고 싶었다. 가끔은 만사를 팽개치고 당장 가족 곁으로 달려가고 싶기도 했다.

사장님과 함께 밤을 보내기 시작하면서부터 남편에 대한 그리움이 조금씩 줄어드는 것도 같았다. 그러나 가끔은 사무치도록 남편이 그립고 보고플 때도 있었다. 스스로 생각해도 마음의 변덕이 죽 끓듯 했다. 어떻게 해야 할는지를 스스로에게 물어본 적도 한두 번이 아니었다. 사장님과 함께 있을 때는 사장님을 향한 뜨거운 가슴으로 행복했다. 그러나 언젠가는 남편과 가족에게로 돌아가야 한다는 압박감이 늘 가슴을 죄고 따라다녔다. 행복하면서도 불안했다. 가슴의 반은 남편 몫이고 나머지 반은 사장님 몫이라고 말도 되지 않는 욕심을 부렸다. 신주 모시듯 하는 가족

사진은 화장대 위에 있었다. 어머니는 앉아 계시고 남편은 쟈스민의 어깨에 다정하게 손을 얹고 있었으며 아이들은 어머니 양쪽 옆에 서서 활짝 웃고 있는 모습이었다. 힘들 때마다 바라보며 마음의 평온을 찾는 쟈스민에게는 종교이다시피 한 사진이기도 했다.

쟈스민의 방을 찾을 때마다 사장님은 의식적으로 예의 그 가족사진과는 마주하기를 피했다. 쟈스민의 눈치를 살피며 몰래 사진을 비스듬히 돌려놓은 후에야 쟈스민을 안았다. 사진의 방향이 달라지는 것을 알면서도 쟈스민은 무덤덤하게 반응했다. 사장님은 사진 속의 남편에게서 왠지 모를 껄끄러움을 느끼는 것 같았다.

오후에 국제우편으로 말린 망고를 받았는데 저녁식사를 마치자 바로 말린 망고를 꺼내 놓고 사장님을 불렀다. 사장님은 오늘도 사진이 보이지 않는 자리에 앉았다. 맛있게 망고를 먹는 사장님과 마주하며 쟈스민은 필리핀 집으로 전화를 걸었다.

"헬로우!"

다갈록으로 하는 이야기라서 사장님은 알아들을 수가 없었다. 처음 얼마 동안은 밝은 표정이더니 슬그머니 창가로 다가가서는 심각한 모습으로 변했다. 표정의 변화를 알아채고 혼자 있게 해주어야겠다는 생각이 들었는지 사장님은 자리에서 일어났다. 방문을 열고 있는 사장님에게 쫓아온 쟈스민이 사장님의 손을 잡아끌었다. 앉아서 조금만 기다리라는 손짓을 하면서도 계속 통화에 열중이었다. 훔쳐본 쟈스민의 눈에 약간의 이슬이 맺혀 있었다.

쟈스민의 전화는 초등학교 2학년인 딸이 받았다. 전화를 받자마자 아빠가 밉다고 울먹였다. 말을 돌려서 할 줄 모르는 딸이 자초지종을 설명하는 데는 그리 오랜 시간이 걸리지 않았다. 가게 일이 바쁘다거나 늦게 끝나서라며 아빠는 자주 가게에 딸린 조그만 방에서 잔다고 했다. 집에 들어오지 않는 날이 많아졌다는 것이었다. 오늘 아침에는 전날 가게에서 숙제를 하다가 깜박 잊고 두고 온 과제물이 떠올라 새벽같이 가게를 찾았더니 어떤 아줌마가 가게 문을 열어 주더라는 것이었다. 문을 열어 준 아줌마는 부스스 일어나는 아빠 옆을 지나 잽싸게 빠져나가더라고 했다. 미쳐 옷도 제대로 입지 못한 아줌마는 시장의 야채가게 아줌마가 틀림없다고도 했다. 왜 야채가게 아줌마가 우리 아빠랑 함께 자고 있는지가 이상하다는 것이었다. 아빠가 용돈을 듬뿍 주며 아무에게도 말하지 말라는 이야기까지 전했다.

혹여 사장님께 너무 빠져들까 스스로에게 채찍질하며 절반만 꼭 절반만 사장님을 사랑하리라 다짐하던 쟈스민이었다. 남편이 잘못을 저질러도 꼭 절반만 추궁하겠다고 생각했었다. 그런데 절반 이상으로 아니 머리끝까지 화가 치밀었다.

'힘들여 일해 보내 준 돈으로 바람을 핀다?'

치솟는 화를 참지 못해 얼굴이 후끈 달아올랐다. 다리에 힘이 쭉 빠지며 후들거려 슬며시 화장대 의자에 걸터앉았다. 가슴이 찢어지는 것처럼 아팠다. 고함이 터지려는 걸 사장님 앞이라 펑

온을 유지하려 안간힘을 썼다. 안절부절 몸 둘 바를 몰랐다. 사장님과의 사랑에 빠진 자신과 비교하며 양심으로 용서하려 했으나 용서되지 않았다.

"아빠가 무슨 일이 있어서일 거야. 내가 아빠에게 따로 전화할게."

울먹이던 아이의 목소리가 밝아졌다.

"오늘은 이만하자. 또 전화할게."

아이는 아무 일 없었던 양 전화를 끊었다. 전화를 끊기 무섭게 쟈스민은 사장님의 가슴을 파고들었다. 절반이 아닌 온 마음으로 사장님을 안고 싶었다.

'무슨 일일까?'

이유는 모르지만 설움에 겨워 매달리는 쟈스민이 한없이 가엾게 보였다. 사장님은 늘 자상하고 포근하게만 안아 오던 쟈스민을 격렬하게 안았다. 스스로 마구 옷을 벗어 던진 쟈스민은 한 마리 불나방이 되어 활활 타올랐다.

사장님은 쟈스민과의 만남이 운명이라 생각했다. 다시는 결혼하지 않으려던 마음도 바뀌어 쟈스민이 받아만 준다면 결혼도 하고 싶었다. 결혼한 지 6개월 만에 이혼한 아내에게 원망이나 원한이 쌓여서는 아니었다. 아내의 첫 남자가 지금이라도 돌아오라 한다며 울먹이는 아내를 기꺼이 보내 주었다. 아내의 첫 남자는 아이가 딸린 유부남이었다. 곧 이혼할 거라던 그 남자는 차일피

일 시간만 보냈다고 했다. 부모님의 반대와 아이 엄마와의 이혼도 망설이기만 하더라고 했다. 아내는 홧김에 만난 사람이 사장님이었고 서둘러 사장님과 결혼을 했다. 아내의 첫 남자는 오랜 불화를 극복하지 못하고 결국 부인과 이혼을 하고 말았다 했다. 먼발치서 행복을 빌어 주며 바라만 봐야겠다고 마음먹었던 아내의 첫 남자는 도저히 잊을 수가 없어서라며 수시로 아내에게 연락을 해 왔다고 했다. 고민을 거듭하던 아내는 결국 사실을 털어놨다. 처음에는 배신감으로 절망에 빠져 한참을 방황했다. 세상 모든 여자가 다 그렇게 마음을 숨기고 거짓 미소로 위장된 가소로운 인간들이라는 생각도 들었다. 머리를 싸매고 고민했지만 더 좋은 사람이 있다는 걸 말릴 재간도 없었다. 아직까지 배 속에 아이가 없는 것만도 다행이라는 생각으로 사장님은 아내를 그녀의 첫 남자에게 보내 주었다. 그동안 아이가 생기지 않았던 것은 몰래 피임을 한 때문이라는 의심마저 들어 아내에 대한 작은 연민마저 깨끗이 날려 버렸다.

평생 혼자 살기로 작정을 했다. 구멍가게처럼 명색만 공장인 가내공업의 도배 풀 공장에서 영업과 배달을 도맡아 하던 사장님은 일하는 즐거움으로 나날을 보냈다. 하루 종일 무섭게 일을 하고 지쳐서 잠을 자야 했다. 잠이 오지 않는 날이면 떠나간 아내에게 느끼는 배신감으로 허탈해 견디기 힘들었다. 잠을 자기 위해서라도 죽어라고 일했다. 잠시 동안의 휴식도 허락하지 않았다. 시간이 나면 하다 못해 공장마당을 쓸고 또 쓸었다. 그냥 닥치는 대로 죽어라고 일만 했다. 정신없이 일하는 동안은 수시로 뇌리를 스치는 아내에 대한 배신감도 잊을 수가 있었다. 쏟아지는 주문의 납기를 맞추기 위해 밤을 새다시피 했다. 피로가 누적되어 정신마저 혼미할 때도 있었다. 결국 일이 터지고 말았다. 어느 날 밤 기계에 다리를 끼는 사고를 당하고 말았다. 과로 탓이었다. 홀어머니가 펄쩍펄쩍 뛰며 병원에서 날밤을 세웠으나 사장님은 결국 절름발이라는 장애인이 되고 말았다. 출퇴근이 힘들다는 핑계로 집을 나와 거처를 공장으로 옮겼다. 조석으로 재혼하라는 홀어머니 성화를 못 견디는 또 하나의 이유도 있었다. 하나에서 열까지 일밖에 몰라 하는 사이 공장의 규모가 커지고 새 건물도 짓고 종업원도 늘어나고 외국인 근로자도 고용했다.

사장님은 거칠게 쟈스민을 안았다. 또 한 번 광풍이 세차게 일었다가 사라졌다. 파도가 멎은 듯 잠잠해졌으나 쟈스민은 떨어지려 하질 않았다. 더욱 세차게 사장님의 가슴을 파고들었다. 쟈스민의 얼굴은 땀이 아닌 눈물범벅으로 얼룩져 있었다. 사장님은 늘 그랬던 것처럼 오늘도 아이들이 사무치게 보고 싶어서라고만 짐작했다.

머쓱해하는 사장님을 쳐다보고 쟈스민은 마음의 안정을 찾으려 노력했다. 사장님께 너무 부담을 주는 것은 아닐까도 싶었다. 돌아누워 눈을 감았다. 그리고 이내 가볍게 코를 골았다. 잠이 든 척하는 사이 사장님은 슬그머니 그의 방으로 돌아갔다. 한 시간의 시차밖에 없어 이미 자정이 넘은 시간이었지만 쟈스민은 남편에게 전화를 걸었다. 가게전화는 받지 않았다. 늦은 시간이 대수냐 싶어 다시 집으로 전화를 했다. 세 번째 신호음에 기다렸다는 듯 냉큼 전화를 집어든 사람은 남편이었다. 결혼 후 처음으로 상스런 말을 섞어 가며 남편에게 욕을 마구 퍼부어 댔다. 자초지종을 설명하겠다는 남편이 더 미웠다. 설명이라는 게 변명뿐이어서 변명을 듣는다는 것에 더욱 화가 치솟았다. 장모님이 바꾸라 하신다며 남편의 목소리가 사라졌다. 애들 아빠가 시장통 야채가게 여편네와 놀아나는 동안 엄마는 도대체 뭘 했냐고 이번에는 어머니를 몰아 세웠다. 옆에서 듣고 있을 사위가 민망했던지 수화기만 가지고 거실에서 안방으로 옮겨 간다 했다. 처음에는 아무 일도 없다고 우겼다. 바락바락 소리치는 딸이 안쓰러운지 어머니가 침착하라며 가라앉은 목소리로 설명을 시작했다. 이미 어머니도 알고는 있었다고 했다. 처음에는 어찌할 바를 몰라 크게 당황했는데 시간이 가면서 사위를 이해하려 했다는 것이었다. 젊디젊은 나이에 혈기왕성한 남자의 입장에서 생각해 보기로 했다는 것이었다. 유심히 살피며 뒷조사까지 해 봤더니 홀로 사는 사람들끼리 외로움을 달래는 정도였다는 것이었다. 혹여 돈을 헤프게 쓰지는 않는지도 눈여겨봤지만 아범의 돈을 탐하는 여자가 아니어서 다행이었다고 했다. 바람직하지는 않지만 젊은 혈기가 혹더 큰 잘못으로 번지지 않을까 싶어 모르는 척하기로 했다는 어머니였다. 계속 살피며 가끔은 우회해서 주의도 주고 있으니 걱정 말라고 했다.

"엄마! 한심도 하지. 도대체 이야기가 되는 거야?"

쟈스민은 악에 바쳐 당장 쫓아내 버리라고 길길이 뛰었다. 거의 뜬눈으로 밤을 새웠다. 아침이 밝아올 때까지 뒤척이다 사장님 아침상 준비를 위해 억지로 자리에서 일어났다.

'나는 사랑이고 남편은 불륜일까?'

그래도 분이 삭아지지를 않았다.

*****

반찬을 가져다 식탁으로 옮기려는데 갑자기 속이 메스꺼워졌다. 점심 먹은 게 체했나 싶었는데 이번에는 울컥 구역질이 났다. 화장실로 쫓아가 마구 토했다. 그러고 보니 이미 두 달째 멘스가 없었다. 가끔 주기가 불순한 적도 있어 이제나 저제나 하고 기다리던 중이었는데 임신이라는 확신이 들었다.

'…어떻게 한다?'

관계를 가질 때마다 피임을 생각하지 않은 것은 아니었다. 임신만은 절대 안 된다고 생각하면서도 쉽게 피임할 방법을 찾지 못했다. 사장님과 터놓고 상의하지도 못해 망설이기만 하고 있는 중이었다. 끔찍이 사랑해 주는 사장님을 마주할 때면 생기는 아이라면 그냥 낳아 버릴까도 생각했었다. 만일 아이가 태어난다면 누구를 닮을까 배시시 웃어 보기도 했었다. 그러나 이 모두가 재미삼아 상상해 보는 가상의 세계일 뿐이었는데 막상 임신이라는 확신이 들자 두려움이 앞섰다.

'뭐야. 남편에게는 큰소리치면서…. 나는 로맨스고 남편은 불륜인 걸까?'

자신을 돌아보는 순간도 있었지만 그때뿐이었다. 먹고 살아가기 위한 어쩔 수 없는 현실이라며 스스로를 정당화했다.

쟈스민의 임신을 아는지 모르는지 사장님은 부지런히 쟈스민의 건강을 챙겼다. 몸에 좋다는 영양제도 사다 주었다. 이미 쟈스민의 임신을 알고 있다는 느낌이 들기도 했다. 쟈스민의 근무부서가 바뀌면서 쟈스민의 임신을 알고 있다는 심증은 더욱 확실해졌다. 힘든 포장 일을 해 오던 쟈스민이 창고관리를 맡았다. 말이 창고관리지 그냥 명색이 그랬다. 자재의 출납과 상품의 출납을 쟈스민은 영어로 표기했다. 가끔씩 이뤄지는 재고파악이 쟈스민의 장부와 일치했다. 장부가 너무도 정확해서 공장장도 은근히 놀라워했다. 시간이 남으면 주방 일을 도왔다. 쟈스민을 사모님 모시듯 하는 건 아니더라도 공장사람들이 대하는 태도는 확실히 달라져 있었다. 공장사람 모두가 이미 쟈스민과 사장님이 보통사이가 아니라는 것을 훤히 알고 있는 것 같았다.

쟈스민의 생일이 공교롭게도 토요일이었다. 사장님은 좋은 데 가서 맛있는 저녁이라도 먹자며 쟈스민을 데리고 외출했다. 괜찮은 레스토랑에서 맛있는 식사를 했고 식사가 끝나고는 노래방에도 들렀다. 점잖게만 보이던 사장님이 어린아이처럼 즐거워하는 것을 보고 쟈스민은 가슴이 아팠다.

'나는 아닌데…. 나는 돌아가야 하는데….'

밤이 이슥해서야 택시를 타고 돌아왔다. 공장을 지키고 있던 칠복이가 컹컹 짖으며 반겨 주었다.

"허니!"

방으로 돌아온 쟈스민은 샤워를 마치기가 바쁘게 사장님의 품에 안겼다. 사장님의 가슴은 따듯해서 좋았다. 사장님이라던 호칭이 언제부터인가 허니라고 바뀌었지만 둘이 있을 때만 사용하는 호칭이어서 호칭 속에서만도 특별한 사랑이 묻어나고는 했다.

"허니…, 나… 아기 가졌어."

누워 있던 사장님이 화들짝 놀라 벌떡 일어났다. 남아 있던 약간의 술기운마저 싹 달아났다.

"전혀 부담스러워하지 않으셔도 돼."

"……."

"낳기로 했어."

"사장님이 싫다 하시면 데리고 돌아갈 거야. 분명 사장님처럼 착하고 훌륭한 사람일 테니까… 내가 사장님을 위해 할 수 있는 건 이것뿐이야… 만일 이보다 더한 일이라도… 난 할 거야."

쟈스민의 눈시울이 촉촉이 젖었다. 사장님은 감격으로 가슴이 벅차올랐다.

'내 아이를 가졌다니….'

가슴이 요동을 쳤다. 아이를 낳아 준다는 것만으로도 고맙기

그지없으련만 자신을 위해 무엇이든 할 수 있다는 쟈스민의 말에
가슴이 뭉클해졌다.

"미안해서 어쩌나, 내가 못 할 짓을 하나 보다."

*****

당분간은 룹탑도 성당도 가지 않아야겠다고 마음먹었다.

'아기를 낳았다는 사실을 필리핀사람 누구도 모르게 하리라.'

'필리핀에 돌아가서라도 한국에서 아기를 낳았다는 사실은 무
덤까지 비밀로 하리라.'

피임을 생각해 보지 않은 것도 아니었지만 그냥 무덤덤하게 지
냈다. 대비할 여유가 없었다는 것은 핑계일 뿐이었다. 어쩌다 아
기를 가지게 되면 하나님께 용서를 빌 수밖에 없다는 것도 핑계
였다. 낙태를 하고 신부님께 고해하고 평생을 사죄하며 사는 길
밖에 없지 않느냐고 스스로를 달랬다. 그러나 살아가면서 사장
님의 사랑이 진심임을 알고부터는 마음이 바뀌었다. 고민하고
또 고민한 끝에 내린 결론은 비밀리에 아기를 낳아 기른다는 것
이었다. 쟈스민은 이를 악 물었다. 피터와 노엘은 다른 공장으로
보내져야 했다. 그날로 쟈스민도 이 공장을 떠나기로 했다. 필리
핀 친구들이 기다리고 있는 룹탑은 다시는 가지 않기로 했다. 아
니 그들이 있어 그들의 도움이 눈물겹도록 고마웠던 시절도 잊기

로 했다. 어쩔 수 없는 일이라며 마음속으로 그들 모두에게 용서를 빌었다. 쟈스민은 졸지에 풀 공장에 근무하지 않는 것으로 결정되어졌다. 소식이 궁금하다며 찾아온 필리핀 친구들은 이미 정문에서 쟈스민이 다른 공장으로 옮겨 갔다는 소식을 듣고 되돌아가야 했다. 룸탑 친구들 누구도 쟈스민의 존재를 몰랐다. 아마도 단속반에 걸려 본국으로 송환되었을 지도 모른다는 소문도 돌았다.

고향의 가족과는 여전히 소식을 주고받았다. 공장일은 거의하지 않도록 배려를 받았다. 아주머니들도 쟈스민이 공장에 나타나면 등을 밀어 기숙사로 돌려보냈다. 사무실에 어정거리거나 주방에서 요리를 준비하는 일이 쟈스민의 새로운 일과처럼 되어버렸다. 그래도 쟈스민의 월급은 변함이 없었다. 고향에 송금하는 금액도 줄지 않았다. 일도 않으며 월급을 받는 것이 송구스러워 공장 근처에라도 다가가면 공장사람들은 너 나 할 것 없이 쟈스민을 밀어 돌려보냈다. 정기적으로 산부인과 검진을 받았고 아기는 건강하다고 했다. 혹시 모른다며 쟈스민을 걱정하던 사장님의 의견을 쫓아 거처마저 사장님 방으로 옮겨 왔다. 당분간 남편 생각은 하지 않기로 했다. 어쩌다가는 이대로 이 남자와 영원히 한국에서 살아 버릴까 하는 마음이 들기도 했다. 그때마다 가족사진을 꺼내 보며 흔들리는 마음을 다잡으려 애썼다. 가족사진은 화장대 서랍에 보이지 않게 보관했다. 당분간만이라도 가족을 잊고자 함이었는데 가족들의 얼굴은 잊히지 않았다. 오히려 그리움이 더했다. 전화기를 타고 들려오는 아이들의 활기찬 목소리를 듣고 나서야 불안하던 마음이 평온해지고는 했다. 남편과는 의도적으로 짧게 통화했다. 스스로가 미안하기 때문이었지만 남편은 오히려 쟈스민의 눈치를 살피는 것 같았다. 말끝마다 고생시켜 미안하다는 말을 잊지 않았고 마음고생까지 시켜 정말 미안하다고도 했다. 남편과 아이들은 여전히 쟈스민이 진심으로 사랑하는 가족이라는 것을 상기시켜 주고는 했다.

머리가 텅 빈 여자여서 남편이 아닌 다른 남자의 아이를 낳아주는 자신이 천치바보라고 생각 해 본 적도 있었다. 때로는 보잘것없는 한 여자가 착하디착한 한 남자의 아기를 생산하는 아주 훌륭한 일을 한다고도 생각했었다. 시간이 흐르고 아이가 자라고 아이와 이별할 용기가 있는지는 생각해 보지 않았다. 아버지가 있고 아이를 키울 넉넉한 재산이 있고 키워 줄 할머니가 있고…. 어쩌면 참하고 예쁜 새어머니를 만날 수도 있고….

꼬리에 꼬리를 물고 이어 가는 생각들이 이상한 쪽으로 흘러가기도 했다. 그리고는 찔끔 눈물을 짜기도 했다. 정기 검진을 위해 병원을 꾸준히 다녔다. 이왕 낳기로 한 아기이다 보니 매사에 실수 없이 튼튼하게 낳아야겠다는 생각이 들어서였다.

출산 예정일이 보름쯤 남아 있던 날 병원을 다녀오는데 회사 정문에서 우체국 집배원을 만났다. 사장님 차로 병원을 다녀오는 중이라 차를 탄 채로 창문만 내려서 편지를 받았다. 회사로 오는 많은 우편물 속에 쟈스민에게 온 편지도 끼어 있었다. 만삭의 배가 불편해 거의 뒤뚱거리는 수준으로 걸어서 방으로 돌아왔다. 남편의 휘갈겨 쓴 편지가 달랑 두 장이었다. 편지를 읽어 내려 가던 쟈스민은 가슴이 철렁 내려앉았다. 남편이 한국에 오겠다 는 내용이었다. 애들이랑 어머니가 가게를 맡아 봐도 충분하다 하니 당신이 고생하고 있는 한국에 가서 함께 일하겠다는 것이 었다. 얼마 되지 않는 논밭은 어차피 소작을 주고 있는 만큼 신 경 쓸 일 없다며 당신 곁에서 힘들어하는 당신을 돕고 싶다는 것 이었다. 오래 생각해 보고 어머니께 상의 드렸더니 즉석에서 허 락을 해 주었다고도 했다. 쟈스민의 손이 바르르 떨었다.

편지 두 장이 의자 아래로 팔락이며 떨어졌다.

"……?"

"어찌 한다?"

"……?"

"어찌 한단 말인가?"

쟈스민은 바닥으로 주저 물러앉았다. 핑크빛 방 안 벽지가 모 두 노랗게 보였다.

방랑자 레이

레이가 룹탑을 떠나 마석의 가구공단으로 옮겨 갔다는 소문이 돌았다. 소문이 아니었더라도 거기 가구공단으로 갔을 거라는 짐작은 이미 하고 있었다. 불법체류자들끼리 공유하고 있는 정보에 의하면 그래도 불법체류자들을 잘 받아 주는 공장은 마석의 가구공단이 으뜸이라는 것 때문이었다. 그런 레이에게서 전화가 왔다. 길길이 뛰며 죽는 한이 있어도 룹탑은 두 번 다시 찾아오지 않겠다며 떠났던 레이였다. 혀 빼물고 죽는 한이 있어도 다시는 얼굴 볼 일 없다던 레이였는데 뭔가 급하긴 급한 모양이다 싶었다. 레이의 목소리는 여전히 힘이 있었고 당당했다. 위암이라는 진단을 받았고 수술도 빨리해야 된다는 것이었다. 수술을 받기 위한 보증인이 좀 돼 달라는 것이었고 돈도 좀 빌려주었으면 했다. 환자 같지 않게 태연하려 애썼으나 환자라는 절박함이 배어 있는 목소리는 속일 수 없었다. 길길이 뛰며 대들던 생각을 하면 얼굴도 마주하고 싶지 않았지만 큰 병인 암에 걸려 수술까지 해야 한다니 모른 척하기는 좀 아니다 싶었다.

에릭은 룹탑 친구들을 상대로 모금을 시작했다. 레이가 원하는 돈의 절반이라도 모아진다면 얼마나 좋을까 가슴이 조마조마했다. 한국으로 돈 벌러 온 젊은 필리핀인 한 사람이 위암 수술을 받아야 하는데 돈이 없다. 수술 받지 못하고 병세가 빠르게 진행된다면 목숨을 잃을 수도 있다. 레이만의 일이 아닌 우리 모두들의 일일 수도 있다. 레이가 아닌 우리들 중 누가 꼭 같은 일 닥치지 말란 법 없는 것이고 그럴 때면 우리는 또 한 번 십시일반 그를 도와주어야 하지 않겠나. 그런데 그 환자가 당신들 자신이라고 생각하자. 그런 마음으로 조금씩만 도와주기로 하자. 필리핀 젊은이 레이가 건강하게 돌아가도록 도와주자.

에릭은 룹탑에 나타나는 모든 친구들에게 설명하고 호소했지만 좀체 많은 돈이 모아지지 않았다. 레이로부터 숨넘어가는 듯한 전화를 또 받았지만 당장 뾰족한 방법이 없었다. 맡겨 논 돈도 아닌데 빚 독촉하듯 하는 레이가 너무 염치없다는 생각이 들다가도 오죽 급하면 그럴까 싶어 이해하기로 했다. 결국 에릭은 자신의 적금통장을 깼다. 그래도 레이가 요구하는 만큼의 목돈이 준비되지 못했다. 일단 서둘러 레이에게 송금을 했고 잘 받았다는 레이의 전화를 받았다.

1

룹탑에 모이는 불법체류자들 중 리더로 떠받들어지고 있는 사람이 에릭이었다. 리더라고 못 박아 정한 일이 없는데도 룹탑 친구들은 에릭을 리더로 인정했다. 사소한 일에서 큰일까지 문제가 생겼다 하면 우선 에릭에게 자문을 구했다. 주변에서 일어나는 사소한 트러블에서부터 직장에서의 심한 차별, 심지어 고향에 두고 온 아내의 불륜소식에 대한 대처문제도 에릭에게 상의했다. 에릭의 카운슬링은 그런대로 적중했고 체류 중인 남녀 간의 연애상담은 거의 백퍼센트 적중하기도 했다. 이루어지는 커플마다 에릭은 한국에서 체류 중일 때만이라는 단서를 꼭 붙이고는 했다. 가끔은 불륜일 수도 있는 커플이지만 어떻게 하면 슬기롭게 한국생활을 하느냐가 관건이었고 무너지지 않고 망가지지 않게 한국살이를 하게 하는 것이 에릭 카운슬링의 기본이자 목적이기 때문이었다.

그 주 토요일 밤에도 룹탑은 문전성시를 이루고 있었다. 좁은 옥탑방은 발도 들여다 놓을 자리가 없을 만큼 꽉 찼고 바깥 이곳저곳의 평상에도 비좁을 정도로 많은 친구들이 모여들었다. 평상마다 술판이 벌어졌지만 담소용이었고 만취한 사람은 찾아볼 수 없었다. 그때 어디서 얼마나 퍼 마셨는지 만취한 레이가 룹탑에 나타났다. 마닐라 뒷골목 조폭 똘마니로 자랐다는 소문이 따라다니고 있는 레이였고 소문답게 레이는 성질이 사납고 급했다. 가끔 작은 말썽을 일으키기는 했지만 룹탑 동료들에게는 늘 착하기만 했다. 최근에는 같은 공장 같은 현장에 근무하는 한국 아가씨와 썸을 타고 있는 중이라는 소문이 자자한 중이었다.

만취한 비틀걸음으로 룹탑에 나타난 레이는 표정이 그리 좋아 보이지 않았다. 뭐가 불만인지 씩씩거리며 가운데 큰 평상에 자리를 잡았다.

"새끼, 코리아노면 코리아노지 지가 뭔데…."

마닐라 뒷골목 조폭 똘마니였다는 소문 때문이지 겁 많은 몇 명의 필리피노들이 슬그머니 다른 평상으로 자리를 이동해 갔다. 한참을 혼자 중얼거리던 레이는 앉아 있는 친구들을 옆으로 밀어내고 자리에 누웠다. 건들지 말고 좀 자게 내버려 두라는 친구들의 이야기가 들리는 듯했는데 어느새 잠이 들고 말았다. 이내 레이의 존재는 잊혔고 룹탑은 다시 소란스러운 일상으로 돌아갔다. 30분 정도 지났을까 레이가 부스스 잠에서 깨어났다. 눈을 비비며 슬그머니 일어섰다. 비틀걸음으로 한두 발자국 걸었다. 옆 평상으로 옮겨 가려는 듯 보이더니 여자들이 앉아 있는 구석 평상으로 향했다. 호기심이 발동한 여자들이 레이를 주시했지만 레이는 여자들의 평상을 지나쳐 완전 구석까지 지그재그 걸음으로 걸어갔다. 룹탑 구석에 도착한 레이는 바지를 훌렁 내리고는 쏴 − 소변을 보기 시작했다. 여자들이 앉아 있는 평상 바로 옆이었다.

"우~악!"

놀란 여자들이 풍비박산 우르르 다른 평상으로 흩어졌다. 참 았던 만큼의 소변을 오래도록 보고 서 있던 레이가 비틀거리는 것도 같았다. 몇몇 남자들이 레이에게로 다가갔다.

"레이, 여기서 이러면 안 되지."

"자. 멈춰 봐. 아래층 화장실로 가자고….."

레이가 계면쩍다는 듯 싱긋 웃었다. 미안하다는 것처럼 보이는 것도 같았다.

"레이, 멈춰. 이게 뭐하는 짓이야."

평소 나서기를 잘하는 친구 하나가 쫓아와 큰 소리로 외쳤다.

"멈춰 봐, 멈춰!"

레이의 팔을 부여잡고 재촉했다. 그때였다. 레이가 홱 돌아섰다. 아직도 오줌줄기가 시들지 않고 있었다.

"비켜, 이 새끼들아."

고함을 지르면서도 소변은 멈추지를 못했다.

"꺼져, 이 새끼들아."

그래도 양심이 있었던지 다시 벽 쪽을 향해 돌아서면서 레이는 소리소리 질렀다. 더 이상 레이를 말리는 사람이 없었다. 모두들 그런 레이를 멀거니 바라보기만 했다. 볼일을 다 마친 레이가 조금 전 잠들어 있던 평상으로 돌아왔다. 그리고 팔을 부여잡고 멈추기를 요구하던 친구에게 다가가 멱살을 잡아 일으켰다. 누가 말릴 새도 없이 레이는 그 친구의 턱을 세게 후려갈겼다. 아무런 준비도 없던 그 친구가 그 자리에서 푹 고꾸라졌다.

"뭐야, 덤벼! 전부 다 덤벼!"

고함을 지르기 시작했다. 남자들이 레이에게서 저만큼 떨어졌다. 여기저기서 웅성거리기 시작하면서 분위기가 싸늘해졌다.

"레이, 이러면 안 되지."

가까이 다가가지는 못하고 모여 있는 남자들 사이에서 어떤 친구가 큰 소리로 외쳤다.

"누구야? 나와! 나와 봐. 새끼야."

레이가 모여 있는 남자들 쪽으로 다가오자 남자들은 우르르 다시 자리를 옮겨 피했다. 씩씩거리던 레이가 룹탑 구석에 세워져 있는 야구 방망이를 찾아 들었다.

"덤벼! 덤벼 이 새끼들아."

야구방망이마저 휘둘러 대자 여자들은 걸음아 나 살려라 도망을 쳤고 몇몇 남자들도 아래층으로 줄행랑을 쳤다. 마침 현장에 없는 에릭이 생각났던지 남자들은 다투어 에릭에게 전화를 해 대기 시작했다.

"에릭에게 연락해 봐. 빨리 좀 오라고 해."

만취한 것 같은 레이였지만 작은 속삭임 같은 외침도 귀신같이 알아들었다.

"에릭? 에릭이 뭔데? 그래, 오라고 해. 이 새끼들아!"

레이가 좀 더 화를 내기 시작했다. 야구방망이를 허공에 휘둘러대기 시작하더니 바로 옆에 있던 평상 위의 술병들을 와장창 깨트렸다. 다시 그 옆 평상의 술병들도 박살을 냈다. 평상에 성큼 올라 마구 발길질을 해 대며 깨어진 병들과 음식부스러기들을 룹탑 바닥으로 걷어차 내렸다. 심하게 비틀거리지 않는 것으로 봐 술이 좀 깬 것도 같았다. 남자들은 이리저리 레이를 피해 가며 계속 에릭에게 SOS 신호를 보냈다.

에릭은 회사에서 늦게 퇴근해 룸탑 바로 옆 건물 구멍가게에서 주전부리를 사고 있던 중이었다. 룸탑의 다니로부터 온 전화가 처음이었다.

"뭔 일이란가?"

"에릭 형, 지랄 났어. 레이가 술 먹고 난리치고 있어."

"뭐라고…? 왜?"

"야구방망이로 술병들 마구 깨트리고 난리야. 빨리 좀 와 봐."

에릭은 허겁지겁 룸탑으로 향했다. 숨이 가쁘도록 달려서 5층 계단을 올라 룸탑에 도착했다. 레이는 아직도 야구방망이를 들고 고래고래 고함을 지르고 있었다. 레이가 들어서자 잠깐 주춤하는 것처럼 보이기는 했지만 다시 안중에도 없다는 듯 행동했다. 천천히 룸탑 구석으로 가더니 또 한 번 오줌을 갈겨 대기 시작했다. 에릭은 아무 말도 하지 않은 채 오줌을 다 갈기고 돌아 선 레이를 물끄러미 바라보기만 했다.

"왜? 왜? 왜?"

레이가 에릭을 향해 버럭 고함을 질렀지만 에릭은 아무런 대꾸도 하지 않으며 성큼성큼 레이에게로 다가갔다. 레이는 다시 한 번 평상의 깨진 병들을 내리쳤다. 소리도 요란하게 유리파편이 사방으로 흩어졌다. 하지만 에릭은 동요하지 않았다.

'한 대 치면 맞지 뭐. 설마 대갈통을 갈기지는 않겠지?'

레이 앞까지 다가간 에릭이 양팔을 벌려 레이의 앞을 가로막았다.

"뭔 일인지는 모르지만 됐어. 그만해."

"비켜. 니가 뭔데?"

레이가 야구방망이를 어깨 위로 들어 위협했다.

"나를 치고 후련해진다면 쳐라."

에릭은 눈도 깜작하지 않았다. 금방 내려칠 것 같은 모션을 취한 레이였으나 방망이를 휘두르지는 못했다.

"이건 너만의 문제가 아니라 우리 필리핀사람들 모두를 부끄럽게 하는 짓이야."

"우— 씨! 잘난 체하지 마. 너 잘난 거 다 잘 알거든….'"

외치던 레이의 목소리가 갑자기 잦아들기 시작했다. 스르르 방망이마저 내렸다.

"야아! 이….'"

에릭의 얼굴을 향해 발악 같은 고함을 질러 대는 것이 마지막이었다. 고함이 흐느낌으로 변하더니 대성통곡을 했다. 저만큼 떨어져 있던 친구들이 레이에게로 다가가 달래려 하자 에릭은 실컷 울게 내버려 두라고 말렸다. 결국 레이는 다시는 룹탑 찾아오지 않을 거라며 룹탑을 떠났다. 그날 레이가 회사로부터 해고를 당했고 그런 이유로 한국 여자 친구에게 절교마저 당했다는 것은 좀 더 나중에 알았다. 욱하는 성격의 레이이고 보면 직장생활이 그리 쉽지만은 않았을 것 같았다. 벌써 몇 번째나 회사를 이리저

리 옮겨 다녔고 이번에는 제대로 자리를 잡았나 싶었는데 그것도
아닌 모양이었다.

2

에릭은 퇴근하기가 무섭게 전철을 탔다. 부천역에서 청량리까
지 전철로 그리고 다시 시외버스를 타고 마석까지 가야 하는 먼
길이었지만 귀찮다는 생각이 들지는 않았다. 오늘 저녁 마석에
도착해서 레이를 만나 보고 눈 좀 붙인 후 내일 새벽 첫차로 돌
아올 예정이었지만 지각이 보장돼 있는 셈이었다. 그만큼 마석
가구공단은 부천에서 꽤나 멀었다. 전철도 창동까지 가는 1호선
을 타야 했고 구리로 양평으로 가는 전철은 아직도 계획 중이라
고 했다.

거의 밤 10시가 다 되어서야 도착했다. 물어물어 레이가 입원
하고 있는 병원을 찾았다. 레이가 반겨 맞아 주었다. 빌려준 돈
때문만은 아닌 것 같은 해맑은 표정이었다. 미운정이라고 했던
가. 룹탑에서 만도 3년이 넘도록 지지고 볶으며 함께 어울려 온
탓이어서인지 반갑기는 에릭도 마찬가지였다. 엘빈이라는 친구
가 병상을 지킨다며 함께 있었다. 레이의 마닐라 집 이웃에 살
았다는 엘빈은 레이와는 너무도 다른 사람처럼 보였다. 잠깐
대화를 나눴음에도 조용하고 차분한 긍정적인 사람이라는 느낌

이 들었다. 부부가 함께 마석공단에서 일하는 불법체류자라고도
했다.

"에릭, 필리핀에 가지고 있는 은행 계좌번호 좀 알려줘 봐."

레이는 아픈 사람 같아 보이지가 않았다.

"그 계좌로 니가 빌려준 돈 넣을지도 몰라. 어젯밤 좋은 꿈을
꾸고 오늘 복권을 샀는데 틀림없이 당첨될 거야."

"아서라. 빨리 나아서 퇴원하고 다시 일하게 되면 그때 매월
조금씩 갚아 줘. 사실 나도 뭐 그리 넉넉한 사람은 아니니까 건
강해지면 꼭 갚아 줘야 해."

돌려받기는 틀렸다는 예감이 들었지만 그렇다고 포기한다고는
이야기하고 싶지 않았다.

"엘빈, 오늘은 빨리 마누라가 기다리는 집으로 돌아가. 부천
소사에서 온 에릭이 있는 만큼 걱정 안 해도 돼. 한참 마누라 곁
에 가지 못했으니 오늘은 너 밤 새워야겠다. 오버타임이라 생각
해. 수당 없는 오버타임. 히히!"

엘빈과는 별말이 없던 레이의 입이 떨어졌다. 반가운 사람인
에릭 형을 오랜만에 만났다고 레이는 신나기까지 했다. 한국에
서 살아왔던 자초지종을 자랑 삼아 털어놓기 시작했다. 월급 받
은 지 며칠 지나지 않으면 거덜이 나도록 다 써 버려야 직성이
풀린다고 했다. 말이 통하지 않는다는 이유만으로 고함을 들어
야 했고 여차하면 짜증부터 내는 코리아노 때문에 쌓이는 스트레
스는 알콜이 최고였다고 했다. 돈보다도 그냥 돈 벌어서 쓰는 유

람차 한국에 와 봤더니 술 안 마시고는 견디기 힘들만큼의 스트레스가 겹겹이 쌓이기만 했다는 것이었다. 흔히들 집에 금송아지 매 놓고 살지만 놀러 삼아 한국에 왔다는 풍쟁이 여기 또 한 사람 있구나 싶었다. 그러면서도 레이는 그렇게 신나게 살아왔던 소사의 룹탑 멤버였던 게 또한 행복이었다고도 했다. 여기 가구공단 친구들은 삭막하게만 보인다고 했다. 에릭에게 와락 덤볐던 일은 지금 다시 또 한 번 더 사과한다며 에릭의 손을 덥석 잡았다. 새삼 다시 사과하는 이유는 돈 빌려준 고마움과는 별개의 진심이라고도 했다.

"에릭, 나 퇴원하면 일본으로 갈 거야."

"……?"

"부산에서 일하는 친구가 잘 아는 루트가 있다는 거야. 배를 타고 일본 어디에 도착하면, 물론 공인된 항구는 아니고, 그런 곳이 있다나 봐. 거기 도착하면 혼자 내려 육지로 올라간다는 거야. 거기서부터는 알아서 행동하는 거래. 일본에 있는 친구하고도 연락이 닿았어. 일본이 좀 더 나을까 하고 가 보기로 했는데 룹탑만은 못할지도 모르지."

"그럼 룹탑으로 다시 와."

"음 룹탑 말고 또 다른 문화도 즐기고 싶어서…. 내가 이런 놈이거든."

레이와의 만남은 그게 마지막이었다.

퇴원하고도 3개월이 지났을 무렵까지 레이는 전혀 소식이 없었다. 레이 말마따나 이미 일본으로 갔을까 싶기도 했다. 하지만 그게 어디 쉬운 일이라야지 하는 생각이 들어 믿기지는 않았다. 혹 어디 또 다른 필리핀 사람들이 모여 있는 곳을 찾아 숨어들어 술 마시고 노래하고 돈 빌리고 그러지나 않을까 싶은 생각도 들었다. 근본은 나쁜 친구가 아닌데 누가 조금만 자극하면 돌변하는 레이의 기질이 문제라면 문제였다. 어쩌다 마석 가구공단을 다녀오는 친구가 있을라치면 득달같이 달려가 레이의 소식을 알아봤다. 그러나 레이의 소식은 여전히 묘연하기만 했다. 빌려준 돈도 돈이지만 위암이라는 중한 병을 수술받고 또 그리 중요한 병 아니라며 나대고 다닐 레이가 걱정이 되어서였다. 솔직히 꽤나 많이 빌려준 적금을 깬 돈도 부담이기는 했다. 못 받을 거라고 안 받을 거라고 생각하면서도 혹시나 하는 아쉬움과 미련은 떨쳐 버릴 수가 없었다. 어쩌면 그래서 더 레이의 소식이 궁금한지도 몰랐다.

아내가 적금 탈 달이 언제냐고 물어 왔다. 고등학교에 들어가는 첫아들의 등록금은 물론 집 장만을 위해 빌린 장인어른의 돈은 약속한 날짜에 꼭 갚을 수 있겠느냐는 것이었다. 집 장만은 애초부터 무리였다. 아내가 친정집에서 돈 빌려준다 했다며 졸라 대는 바람에 그만 덜컥 저질러 버린 일이기는 하지만 그렇다고 아내를 원망할 아무런 이유도 없었다. 처음 약속했던 날짜대로 틀림없이 돈 보낼 거니까 걱정 말라고 했다. 친정아버지가 가게를 하나 산다면서 물어본 날짜라 해서 부담이 더 컸지만 그러라고 대답했다. 설마 무슨 수가 나겠지 싶었다.

　토요일이었던 것 같다. 찌뿌둥한 몸살기가 제법 심해서 일찍 잠자리에 들었다. 막 잠이 들려는 순간 전화벨이 요란하게 울었다. 화들짝 자리에서 일어났더니 레이였다. 혹 그에게 커다란 금액의 복권이라도 당첨된 것 아닐까 싶은 마음에 잠이 확 달아났다.

　"모시. 모-시!"

　레이가 틀림없었다. 이번에는 또 어떤 뻥일까? 의심이 들면서도 귀를 쫑긋 세웠다.

　"고찌라와 니혼노 도꾜데스."

　"알았어. 레이, 나 일본어 못 해. 무슨 소리야?"

　"히히! 여기는 일본의 도꾜야."

　거짓말이겠지 싶었다. 빌린 돈 갚지 못해 일부러 일본인 척하는 거라는 생각이 들었다. 하지만 전화기를 타고 들리는 주변 사람들의 목소리가 모두 일본인들 같았다. 의미는 알지 못해도 일본어라는 것만은 확실했다.

　"여기도 친구가 몇 명 있어. 우선 이 친구들에게 얹혀살고 있는 중이네."

　"다행이네. 건강은…?"

　"많이 좋아졌어. 여기 좀 머물면서 이 친구들에게도 돈 좀 빌려 쓸까 궁리 중이야. 하하!"

괜찮던 애가 망가지기로 하니까 순식간이구나 싶었다. 제발 레이에게 좋은 일이 생겨 빌려준 돈의 일부라도 돌려받게 해 주십사 하던 희망이 일시에 사라지는 것 같았다.

"룹탑 친구들 모두 잘 있지?"

"그럼, 그럼. 모두들 레이 걱정 많이 해. 건강해야 된다고도 하고….."

별 시답잖은 이야기로 시간을 보냈다. 정작 빌려간 돈 어떻게 할 거냐는 목구멍을 맴도는 이야기는 꺼내지도 못했다. 그래도 혹시나 싶어 룹탑 친구들 핑계를 대며 연락처를 물었다.

"여기 연락처 아직 없어. 나중에 알려 줄게."

그러고도 또 쓸데없는 대화만 오갔다. 마지막으로 레이가 전화를 끊겠다고 하더니 한마디 더 했다.

"에릭, 너한테 빌린 돈은 아무래도 떼먹어야겠다. 미안해서 어쩌냐?"

괜찮다고 하면서도 에릭은 풀 죽은 자신의 목소리를 숨길 수가 없었다.

3

정말로 레이에게 빌려준 돈은 잊기로 했다. 장인어른에게 갚아야 할 돈이 급해지면 가불을 하거나 룹탑 친구 누구에라도 통사정해 보기로 작정했다. 룹탑은 여전히 붐볐고 찾아오는 신입멤버들도 꾸준히 늘었다. 두 팀으로 나뉘어 친선경기를 이어 오던 농구 매니아들의 팀 수가 세 팀으로 늘었다. 일요일이면 성당을 다녀오기 바쁘게 인근 초등학교 운동장에 모여 친선게임도 즐겼다. 다가오는 가을에는 인천권역 필리핀 교민 농구대회를 추진해 보기로 했다. 에릭은 더 바빠졌다. 인천 답동 성당의 친구들과는 좀 더 구체적인 농구대회 일정을 정해 추진하기로 했다.

장인어른이 빌려준 돈 돌려 달라는 날짜가 서서히 다가왔다. 어떻게 되겠지 하면서도 마음은 늘 무거웠다. 자신 때문에 큰 낭패를 보실 텐데 싶은 부담이 영 머리를 떠나지 않았다. 시간이 너무 빨리 가는 것도 같았다.

"아직도 한 달은 더 남았는데 뭐…."

가을 농구대회가 가까워진 어느 날이었다. 아내에게서 또 연락이 왔다. 친정아버지에게 빌린 돈 돌려 드려야 할 시간이 이제 한 달밖에 남지 않았다는 독촉이었다. 에릭은 걱정 말라고 했다. 룹탑의 알렉스와 다니에게 미리 부탁은 해 놨지만 아직 완전한 확답은 듣지 못하고 있는 중이었다. 무슨 수가 나겠지 했고 우선 코앞으로 다가온 농구대회 준비에만 몰두했다. 열심히 농구 연습을 하고 있는 중인데 벗어 논 재킷주머니의 전화벨이 요란하게 울었다. 코트 밖으로 나와 주섬주섬 재킷을 들고 전화를 꺼냈다.

레이였다. 실로 오랜만에 레이로부터 받는 전화였다.

"Hello! Are you ok?"

"This is Manila."

"뭐라고…?"

"여기는 내가 태어난 곳 마닐라야."

레이의 말투는 여전했다. 내일 죽어도 오늘은 여전히 행복한 사람이 레이였다. 어느새 또 마닐라에 가 있단 말인가! 저렇게 자유스러울 수 있는 레이가 부럽기도 했다. 이제 마닐라 집으로 돌아갔으니 더 이상 저지레는 않을 것 같았지만 에릭이 빌려준 돈은 영원히 사라졌다 싶었다. 마닐라에서 그만한 돈을 모으기란 큰 부자가 아니고는 해낼 수 없기 때문이었다. 실낱같은 희망마저 일시에 사라졌다. 낙담하면 할수록 더 간절하게 빌려준 돈 생각이 머리를 맴돌았다. 받지 않을 거라고, 잊어버릴 거라고 다짐다짐 하면서도 포기하지 못하는 건 스스로도 감당하기 어려운 현실이 더 문제였기 때문이었다.

"일본친구들이 나를 좋아하지 않더라구. 다시 필리핀으로 떠나는 화물선을 몰래 탔어. 내 나라로 돌아오는 것도 밀항이라 스릴 넘칠 줄 알았더니 그렇지도 못했어. 그냥 덤덤하더군, 나중에 귀국하면 우리 집에 놀러 한번 와."

목소리 톤은 여전히 높았지만 가늘게 떨린다는 느낌이 들었다. 순간 완치됐다던 위암이 재발이라도 했나 싶었다.

'건강해야 될 텐데…. 나중에 마닐라에 들르면 그때는 큰 부자여야 하는데….'

이미 빌려준 돈은 날아갔다 치더라도 그가 건강해서 다시 만날 수 있었으면 좋겠다 싶었다. 왜 그가 건강해서 다시 만나야 하는지 구체적인 이유는 자신도 잘 몰랐다.

"받아 적어. 우리 집 주소야. 나 돈 떼먹거든 찾아와서 행패도 좀 부리고… 알았지?"

점점 목소리가 작아지더니 급히 전화를 끊었다. 심하게 통증이 오는 것도 같은 신음이 조금 들리다가 말았다.

그 주 토요일은 인천권역 농구대회의 필승을 위한 작전회의가 있었다. 룹탑은 초저녁부터 붐비기 시작했고 저마다 동네에서 익힌 농구지식을 열변을 통해 털어놓고 있었다. 시간이 꽤나 흘렀음에도 중구남방으로 떠들어 대기만 하는 작전회의는 도대체 진도가 나가질 않았다. 다행히 고등학교 농구코치였었다는 어떤 친구가 나타났고 그가 선수선발에서부터 포지션 그리고 게임에 임하는 모든 작전을 전담하기로 했다.

"에릭, 레이가 죽었다는데…."

마석 가구공단에서 놀러 온 친구가 에릭에게로 다가와 불쑥 말을 꺼냈다. 소사의 봉제공장에서 일하다가 봉제공장이 경영 악화로 문을 닫으면서 급히 마석으로 옮겨 간 친구였다. 아직도 마석 친구들과는 잘 어울리지 못한다며 토요일이면 으레 룹탑을 찾아

오고는 하는 친구였다.

"에릭에게 전해 달라던데. 엘빈이라고…. 레이하고 마닐라 이웃에 살았다는 그 친구가 그랬어."

"엘빈은 어떻게 그 소식을 들었대?"

에릭이 깜짝 놀라면서 되물었다.

"레이의 부모님이 엘빈에게 전화를 했대나 봐. 서로 잘 아는 사이 같기도 하고…."

'그래? 어쩐지 며칠 전 나와 통화 중일 때 목소리에 힘이 없더라니….'

놀란 가슴이 팔딱팔딱 뛰었다.

'그래! 그랬구나! 결국은 죽고 말았구나! 죽을 줄도 모르고 몸을 함부로 한다더니… 퇴원하고 바로 폭음을 했다더니 결국….'

어쩌다 한 번씩 들어오던 마석에서의 레이 소식은 언제나 늘 술에 취해 있었다는 것이었다. 본인의 건강을 생각한다면 입에 대지도 말아야 할 소주를 늘 마셨고 사람들이 쳐다볼 정도로 고주망태가 된 적도 있었다고 했다. 에릭은 슬그머니 자리를 떴다. 룹탑 코너 먼 남쪽하늘 거기 그 필리핀 마닐라에서 무던히도 속을 썩이던 친구 레이가 죽었다는 것이 실감이 나지 않았다. 기회가 되면 반드시 한 번쯤은 마닐라에 들러 보겠다며 별러 왔었는데….

'아직은 너무 이른데…. 결혼도 해 보고 아이도 낳아 보고 자식도 좀 키워 보고 그런 후 죽어도 이르지는 않을 텐데….'

큰 평상에서는 여전히 농구대회 작전회의랍시고 시끌벅적했고 다른 작은 평상에서는 여자들까지 섞여 레이의 너무 이른 죽음에 관한 숱한 이야기들이 설왕설래되고 있었다.

'레이의 명복을 빌며 잊자. 그리고… 열심히 살자. 내일 나 또한 어찌 될지도 모르는 세상을 살고 있잖은가!'

농구대회 작전회의는 점점 더 무르익었고 필승을 다짐하는 때 이른 파티로까지 이어져 열기를 더했다.

4

다음 날 아침은 일요일이었다. 에릭은 자리에서 일어나자마자 아내에게 전화를 하기 위해 집을 나섰다. 전화요금을 조금이라도 줄이기 위해 미리 사 둔 국제전화카드를 들고 근처의 공중전화박스로 향했다.

"헬로!"

신호음이 가자마자 바로 반가운 아내의 음성이 귓전을 때렸다. 한두 번 듣는 것도 아닌 아내의 목소리에 에릭은 또 가슴이 두근거렸다. 결혼한 지 거의 20년이 다 돼 가는데도 아직도 아내의 목소리만 들으면 여전히 가슴이 찡해왔다.

"안 그래도 물어볼 말이 있어."

아내가 대뜸 기다렸다는 듯 말을 이어 갔다.

"마닐라에 있는 당신 친구가 큰돈을 보내왔어."

"뭐라고?"

"마닐라에 사는 레이라는 당신 친구가 당신에게 빌린 돈이라는데 당신 언제 그렇게나 많은 돈을 나 몰래 빌려줬었지?"

"……."

"섭섭해. 나 몰래 그렇게나 많은 돈을…. 떼먹으면 어쩌려고 그랬어?"

"……."

"돈도 돈이지만 나한테는 일언반구도 없이, 나 몰래…. 그게 섭섭하다는 거야."

이렇게 성큼 돌려주는 거 보니까 믿어도 되는 친구였겠지만 그래도 모험이었다는 게 아내의 조언이었다. 돈 앞에서는 성인군자가 될 수 없다는 게 평소 아내의 지론이었다. 도대체 얼마냐고 물어보고 싶었지만 빌려준 사람이 그것도 모르냐는 핀잔만 들을까 물어볼 수조차 없었다.

"어쨌거나 이 많은 돈을 당신이 다 모았다니…."

싱글벙글하는 것 같던 아내가 갑자기 울먹이기까지 했다. 제대로 먹지도 입지도 못하면서 모은 돈이라 생각하면 당신 고생이 너무 심하다는 생각에 가슴이 저리다고 했다.

"여보! 사랑해."

아내는 온통 감동의 격랑에서 헤어 나오질 못했다. 몇 번이나 사랑한다는 말을 되풀이하며 했던 이야기 또 하고, 또 하고….

전화카드의 모든 돈이 다 소진되고 나서야 전화가 끊겼다. 미루어 짐작하건대 빌려준 돈보다 훨씬 더 많은 돈을 보내온 것 같았다. 죽기 전에 보낸 것이겠지 싶으면서도 얼핏 레이가 사망했다는 날보다도 훨씬 더 뒤에 보내진 것도 같았다. 에릭은 모든 사실이 너무 많이 궁금했지만 어떻게 알아볼 방도가 없었다.

에릭은 마석 가구공단의 엘빈 부부를 찾아가기로 했다. 레이의 이웃에 살았던 그들에게 레이에 관한 이야기를 보다 자세하게 듣고 싶어서였다. 이제 와서 레이의 이야기를 소상하게 들어 봤자 무슨 소용이 있겠냐마는 귀국하면 정말로 레이의 집을 방문해야겠다는 생각이 들어서였다. 그게 도리라는 생각도 들었다.

미래가 없는, 어쩌면 생각도 없는 괴짜 정도로 취급했던 레이였다. 그저 세상을 오늘 하루만 살 것처럼 제멋대로였던 레이라고 생각했는데… 점점 더 레이의 실체가 궁금하기만 했다. 언제나 밝기만 하던 누구에게도 신세지지 않으려 하던 레이가 보고 싶다는 생각도 들었다.

엘빈 부부는 아주 검소하게 살았다. 그리고 손님대접도 깍듯하게 하는 상냥한 태도에서 가난하지만 행복한 금실 좋은 부부라는 느낌이 들었다.

"레이가 비밀로 해 달라고 했는데…. 설령 자신이 죽은 후에라도 비밀이라고 했는데…."

엘빈이 입을 열지 않으려 했다. 그런 엘빈을 설득하는 데 또 한참이나 시간이 더 걸렸다.

5

솔직하게 말하면 엘빈의 부모님은 레이의 집 머슴이었다고 했다. 부부가 함께 레이네의 대저택에 살았고 어린 엘빈은 자신보다 더 어린 레이를 돌봐야 하는 막중한 임무가 주어졌다고 했다. 자고 일어난 레이가 문밖에만 나서면 엘빈은 바로 레이를 따라나서야 했다. 레이가 가자는 대로 가야 했고 레이가 하자는 대로 해야 했다. 드넓은 농장을 헤집고 다니다가 코프라라도 만나면 엘빈은 위험을 무릅쓰고 코프라를 처치해야 했고 목숨을 걸고 레이를 보호해야 했다. 레이가 조그만 상처라도 입는 날이면 엘빈은 호되게 꾸중을 들어야 했다. 레이는 엘빈의 귀한 주인집 도련님이었고 엘빈은 그런 레이의 친구이자 무한 책임의 보호자여야 했다.

레이가 학교에 들어가면서 엘빈도 늦은 나이에 학교를 다니기 시작했다. 같은 반에서 함께 공부하면서 충실한 레이의 보디가드가 되어 줄 사람이 필요했기 때문이었다. 나이가 들면서 레이는 부모님의 과잉보호에 짜증을 내기 시작했다. 엘빈이 따라붙는 것에도 신경질적인 반응을 보였다. 초등학교를 졸업하자 레이는 기숙사가 있는 학교로 진학했고 엘빈은 더 이상 학교를 다니지 못했다. 엘빈을 편하게 해 주려는 레이의 뜻이었다. 그때부터 엘빈은 아버지를 따라 대저택에 딸린 농장에서 일하기 시작했다.

레이는 자주 말썽을 일으켰다. 선생님에게는 이유도 없이 반항했다. 수시로 학교를 찾아오는 부모님에게는 더 반항적이었다. 작고 사소한 것이라도 학교로 불려 온 부모님의 간섭에는 신경질적으로 반응했다. 주먹질을 시작했고 급우들과 싸우다 경찰에 불려 가기도 했다. 학교 주변의 불량배들과 어울리면서는 더 많은 사고를 저질렀다. 결국 학교를 자퇴하고 가출하고 말았다. 어디를 어떻게 떠돌았는지도 모르게 레이는 몇 년 동안이나 집에 돌아오지 않았다. 어느 날 갑자기 마닐라 집에 나타난 레이는 한국에 가고 싶다고 했다. 정식 취업비자를 발급해 주는 것도 아니어서 남들처럼 관광여권으로 입국 잠적한다는 것이었다. 부모님은 그나마 다행이다 싶었는지 레이의 의견에 동의했고 그렇게 한국을 다녀오면 제발 새사람이 되라고 신신 당부했다. 다시 엘빈이 차출되었다. 엘빈과 함께 가야 한다는 조건이었다. 레이 자신의 감시자를 동반해야 하는데도 레이는 거부하지 않았다. 부모님이 앞장서서 서둘렀고 한국행은 쉽게 이루어졌다.

한국에 도착하자마자 레이는 엘빈과 헤어지기를 원했다. 망설이는 엘빈에게 수시로 연락하자며 무슨 큰일이 생기면 반드시 엘빈을 찾을 거라고 약속했다. 엘빈은 마석으로 향했고 레이는 인천으로 떠났다. 부보님에게는 함께 있는 것으로 하자 했지만 엘빈은 이내 마닐라 부모님에게 이실직고해야 했다. 부모님을 속이다가 나중에 어떤 벌을 받을까 두려워서였다. 수시로라도 레이의 동태를 알려 주는 것으로 부모님이 이해해 주었다. 다행이 레이는 엘빈의 전화를 잘 받아 줘서 대충의 상황은 늘 파악할 수 있었다.

가구공단에서 일하던 엘빈은 우연히 자신처럼 불우한 여성을 만나게 됐고 결혼을 약속하며 이내 동거를 시작했다. 축하한다며 레이가 비싼 가전제품들을 사 줬고 아내에게도 근사한 목걸이 반지 등을 사 줬다.

언제부터인가 레이는 위통을 호소하기 시작했다. 가출해 있을 동안 얻어 온 지병인 것 같다고도 했다. 하지만 그러면서도 레이는 기회 있을 때마다 만취해 사경을 헤매도록 술을 퍼 마셨다. 만취에서 깨어나면 다시는 술 안 마실 거라고 맹세하면서도 그게 마음대로 되지 않는다고 했다. 돈이 필요하면 부모님에게 전화를 했고 엘빈에게로 송금해 왔다. 송금 횟수가 너무 잦아지자 부모님은 귀국을 종용하며 더 이상 돈을 보내 주지 않았다. 문제는 위암수술을 해야 하는데도 믿어 주지 않더라는 것이었다. 죽는 것도 무섭지 않다고 큰소리치던 레이가 어떤 연유인지 급히 수술비가 필요하다며 안절부절못했다. 엘빈이 얼마나 필요하냐고 묻자 알 것 없다고 부천 소사에서 보내올 거라고 했다.

수술 후유증도 채 가시기 전 뜬금없이 일본으로 간다며 나타난 레이는 슬쩍 얼굴만 비치더니 정말 일본에서 전화가 왔고 얼마

뒤 다시 마닐라에서 전화가 왔다. 그리고 소사 룹탑하고 연락되면 에릭에게 고맙다고 전해 달라고 했다는 것이었다.

"에릭에게 빌린 돈 2배로 갚을 거야. 우리 아빠가 확인하려 들면 엘빈 니가 보증해. 알았지?"

레이의 전화를 받은 지 이틀 만에 다시 레이가 죽었다는 전화를 받았다고 했다. 눈물범벅이 된 훌쩍이던 엘빈이 눈물을 닦으며 씁쓸하게 웃었다.

아빠 얼굴 익히기

아빠 사진이 히로우의 입에서 바닥으로 떨어지는 순간 안드레 아는 화가 머리끝까지 치밀어 올랐다. 히로우의 목줄을 잡고 히로우의 머리를 마구 쥐어박았다. 낑낑대며 요동을 치는 히로우의 엉덩이를 손바닥으로 펑펑 내려쳤다. 나중에는 발길로 히로우의 엉덩이를 마구 걷어차기도 했다. 히로우는 꼬리를 사타구니에 숨긴 채 낑낑 비명을 질러 댔지만 안드레아는 아랑곳하지 않았다. 또 몇 대를 더 쥐어박고 나서야 히로우의 목줄을 놓아주었다.

　안드레아가 바닥에 떨어진 아빠 사진을 줍는 순간 히로우는 재빨리 제집으로 들어가 몸을 숨겼다. 그래도 화가 풀리지 않은 안드레아가 씩씩거리며 히로우를 들여다보자 더 물러설 수도 없는 좁은 집에서 또다시 뒤로 몸을 피하려고 요동을 쳐 댔다.

　"조심해. 한 번만 더 까불면 죽을 줄 알아."

　사진에 묻은 흙을 손으로 닦아 내며 마지막으로 한 번 더 히로우의 집을 탕탕 때렸다. 방으로 들어와 자세히 살펴보니 사진이 그리 심하게 훼손돼 있지는 않았다. 마른 걸레로 싹싹 사진을 닦아 냈다. 그리고 구겨진 아빠사진을 방바닥에 펴서 꼭꼭 눌러 폈다. 웃고 있는 아빠의 눈을 가로지른 커다란 구김은 고무지우개로 콩콩 찍었다. 온화한 미소가 스며 있는 몇 장 안 되는 아빠사진이라 무척 소중하게 다루었는데도 히로우가 갑자기 덤비는 바람에 어쩔 수가 없었다. 껑충 뛰어 오른 히로우가 날카로운 이빨로 물어 낚아챈 것에 비하면 그래도 생각보다 가벼운 구김이었다. 사진 속의 아빠는 아직도 환하게 웃고 있었다.

엄마는 초등학교 선생님이었다. 주위 사람들 모두가 부러워하는 월급을 타는 선생님인 엄마가 한국행을 결정한 것은 순전히 한국인 아빠를 찾아 나서기 위함이었다. 외할머니가 소식도 없는 놈 찾아가 뭐하려느냐고 나무랐지만 엄마의 표정은 비장하기만 했다. 아빠의 소식을 기다리며 사는 것을 유일한 낙으로 살아온 엄마였기에 외할머니의 조언쯤은 귓등으로 흘렸다. 그리고 과감하게 사표를 던졌다. 엄마가 한국으로 떠나던 날 이른 새벽은 별이 총총한 하늘에 구름 한 점 없었다. 커다란 짐 보따리를 현관으로 들어 나르며 아직까지 곤히 잠든 안드레아를 흔들어 깨웠다. 안드레아가 자리에서 일어나자 이미 수십 번이나 했던 당부를 또 되풀이했다.

"외할머니 말씀 잘 듣고…. 공부 잘하고…."

안드레아는 졸리운 눈을 부비며 고개를 끄덕였다.

"아빠 만나면 안드레아가 너무 보고 싶어 한다는 말 꼭 전해 줄게."

"알았어. 엄마. 엄마나 잘해 난 엄마가 더 걱정이니까."

엄마의 표정은 한껏 부풀대로 부풀어 있었고 행복이 엄마를 기다리는 것처럼 들떠 보였다. 엄마는 한국인 남편을 무척 자랑스러워했다. 기회 있을 때마다 듣는 사람 지겨워하는지도 모르고 입에 침이 마르도록 남편자랑을 했다. 간혹 그런 엄마를 조금은 부러워하는 이웃도 있기는 했다. 아빠를 닮아 한국인처럼 보인다는 안드레아마저 자랑의 대상이었다. 또래에 비해 피부색이 하얀 안드레아를 쳐다보는 아이들에게 아빠가 한국인이어서라고 묻지도 않는 말을 하고는 했다.

엄마가 전하는 아빠 소식은 항상 미덥지가 못했다. 아빠하고 자주 통화한다고 하며 머지않아 안드레아를 한국으로 데려갈 거라고도 했지만 엄마가 아빠하고 통화하는 현장은 한 번도 본 적이 없다. 아빠하고의 추억은 희미한 한두 가지밖에 떠오르지 않았다. 목마를 태워 그린힐 언덕을 오르내리던 것, 그리고 구멍가게 앞에서 막대사탕을 사 쥐어 주던 것만 아련했다. 엄마의 말을 빌리면 초등학교 옆 그린힐 언덕을 아빠와 안드레아는 내 집 앞마당처럼 오르내리며 놀았다고 했다. 처음에는 안고 다니다가 아장아장 걸어 다닐 때쯤에는 손을 꼭 잡고 언덕을 오르내렸다고 했다. 그런데도 아빠의 얼굴은 도무지 떠오르지 않았다.

몇 장 안 되는 아빠의 사진 속에서만 아빠의 얼굴을 만나 볼 수 있었다. 사진 속의 아빠는 얼굴이 약간 갸름했고 그렇기 때문에 안드레아의 얼굴도 아빠를 닮아 조금은 갸름하다고 했다.
왜 아빠가 한국으로 돌아가야만 했는지의 설명은 들어 본 적이
없다. 그냥 돈 많이 벌어서 안드레아 데려가고 엄마 데려가고
다시 행복하게 모여 살기 위해서라고만 했다. 아빠는 한국에서
돈 잘 벌고 있으니까 안드레아는 공부만 열심히 하면 된다고도
했다. 언제 데려갈 거냐고 물으면 엄마의 대답은 으레 똑같았다.

"soon!"

그런데 오늘 이 새벽에 엄마가 한국으로 떠나는 것이었다. 긴
가민가하던 엄마의 횡설수설이 비로소 사실이라고 믿어지는 순
간이었다.

엄마가 한국으로 떠난 후 안드레아는 갑자기 생기가 돌기 시작
했다. 한국으로 떠난 엄마가 머지않아 아빠를 만날 것이고 곧 안
드레아를 데리러 올 거라는 믿음이 생겼기 때문이었다. 기쁨을
억누르지 못해 가슴이 벌렁벌렁 뛰기도 했다. 드디어 엄마처럼
아빠 자랑을 늘어놓기 시작했다. 아빠 사진을 들고 학교에 가 반
아이들에게 보여 주며 한국에 있는 우리 아빠라고 어깨를 으쓱거
렸다. 안드레아를 대수롭지 않게 생각하던 아이들이 경쟁이나 하
듯 안드레아에게 접근해 왔다. 한국에 가게 되더라도 잊지 말고
소식 전하자고까지 했다.

학교에서 돌아오면 히로우가 먼저 안드레아를 반겨 주었다.
히로우의 집이 울타리도 사립문도 없는 마당 안쪽 현관문 앞에

있기 때문이었다. 마당가에 들어서기가 무섭게 히로우는 집밖으로 튀어나와 그 커다란 꼬리를 흔들며 낑낑거렸다. 그리고 안드레아가 다가가기도 전에 목줄이 떨어져라 껑충껑충 뛰었다. 그럴 때마다 안드레아는 껑충 뛰어 오른 히로우를 넙죽 안아 주고는 했다. 그리고 히로우의 머리를 한참이나 쓰다듬어 준 후에야 현관으로 들어섰다. 히로우는 엄마와 외할머니 그리고 안드레아에게만 온순했다. 다른 어떤 사람의 접근도 불허하며 사납게 짖어 댔다. 가족 이외에는 누구도 히로우 근처에 다가가지 못했다. 커다란 덩치에다 짖어 대는 목소리마저 온 집안을 흔들어 놓을 만큼 크다 보니 사람들은 히로우를 보자마자 기겁을 하고는 했다. 덕분에 좀도둑 걱정은 덜고 살았다. 아빠가 안드레아를 데리러 올 거라는 생각을 하면서부터 안드레아는 히로우가 걱정이 됐다.

'히로우 때문에 아빠가 현관으로 들어오지 못하고 밖에서 맴돌게 된다면…?'

'집 드나들기 거추장스러워서라도 빨리 한국으로 돌아가려 한다면…?'

아빠인 줄도 모르고 천방지축으로 날뛰며 사납게 짖어 댈 히로우를 떠올리면 안드레아는 그냥 가만히 있을 수가 없었다. 히로우에게 아빠의 얼굴을 알려 줘야겠다는 생각이 머리를 스쳤다. 책가방에서 반 아이들에게 자랑하던 아빠의 사진을 꺼냈다. 그리고 사진을 펴 들고 히로우에게로 다가갔다. 히로우의 눈앞에 아빠의 사진을 바짝 들이밀었다.

"히로우. 잘 봐 아빠사진이야. 잘생긴 아빠 얼굴이니까 꼭 기억해야 돼."

멈칫하던 히로우가 순간 껑충 뛰어올랐다. 그리고 날카로운 이빨로 아빠의 사진을 냉큼 물었다. 소스라치게 놀란 안드레아가 날쌔게 달려들어 히로우의 목을 껴안고 늘어지자 히로우가 물고 있던 아빠사진을 바닥에 툭 떨어트렸다.

*****

훼베스가 한국의 인천공항에 도착한 시간은 오후 7시였다. 필리핀과는 불과 한 시간의 시차가 있을 뿐이어서 시간감각에는 전혀 이상이 없었다. 입국 수속을 하던 중이었다. 몇 사람 앞에 서 있던 필리핀 아가씨가 입국심사관하고 한참이나 이야기를 나누더니 검색대를 통과하지 못했다. 다시 다음사람이 앞으로 나가는 순간 어디서 나타났는지 또 한 사람의 입국심사관이 그녀를 데리고 어디론가 사라지고 말았다. 훼베스는 긴장하기 시작했다. 15일간의 관광여권으로 입국하기 때문이었다. 브로커를 통해 뇌물을 쓰고도 꽤나 오래 걸려서야 겨우 받아든 여권이었다. 브로커는 입국 심사관의 인터뷰를 단단히 조심하라고 일러 주었었다. 묵어야 할 예약된 호텔이름, 예정된 관광지, 심지어 가지고 있는 외화금액을 확인할 때도 있다고 했다. 많은 가난한 외국인들이 관광여권으로 입국 잠적해 불법 취업자가 되는 것을 사전에 예방하기 위함이라고 했다.

입국심사대의 심사관 표정이 심상치 않아 보였다. 거의 돋보기로 이모저모를 살펴보는 수준이었다. 훼베스의 차례가 돼 심사관 앞에 섰다.

"예약된 호텔 이름은…?"

아차 싶었다. 훼베스는 떨리는 가슴을 진정하며 표정이 변하지 않도록 애써 태연하게 웃었다. 순간 가방에 들어있는 남편과의 결혼증명서가 번쩍 머리에 떠올랐다. 친정어머니가 훼베스와 함께 살려면 서류결혼이라도 꼭 해야 된다며 남편을 설득해서 받아 둔 문서였다. 혹시나 하고 가지고 떠나길 잘 했다는 생각이 들었다.

"남편이 한국인입니다. 남편의 집에 가는 길입니다."

심사관이 힐끗 훼베스를 쳐다봤다.

"근데 왜 관광여권이죠?"

"……"

훼베스는 어깨에 맨 가방을 열면서 마땅한 대답이 생각나지 않아 그냥 서류만 찾았다. 그리고 오래된 색 바랜 종이의 결혼증명서를 꺼내 심사관에게 들이밀었다.

"아직 완전한 한국인이 아니어서…."

색 바랜 종이의 서류를 대충 훑어본 남자가 고개를 끄덕이며 훼베스의 여권에다 도장을 쿡 눌러 찍었다. 긴장이 일시에 사라졌다. 게이트를 지나 공항대합실로 들어섰다. 나와 주기로 약속한 친구를 찾았으나 훼베스를 찾아 맞아 주는 사람이 전혀 보이지 않았다.

'사정이 있어 조금 늦겠지.'

긴장이 풀어진 조마조마하던 가슴을 안정시키며 일단 긴 의자에 앉았다. 그러나 30분이 지나도록 약속한 친구는 나타나지 않았다. 훼베스는 초조해지기 시작했다. 출구 쪽으로 다가가 이리저리 살폈으나 친구인 라니는 어디에도 보이지 않았다. 더 기다릴 수가 없어 전화를 걸어 보기로 했다. 안내창구를 찾아 공중전화 거는 방법을 물었다. 동전이 있느냐고 물어보던 안내원이 동전 몇 닢까지 건네주며 친절하게 알려 주었다.

라니는 전화를 받지 않았다. 초조와 긴장으로 가슴이 조였다. 몇 번이고 몇 번이고 전화를 걸었지만 라니는 끝내 전화를 받지 않았다. 감감 무소식인 친구가 야속했지만 뾰족한 다른 방법이 떠오르지 않았다. 기가 막혔다. 라니가 알려 준 주소를 찾아 꺼냈다. 그리고 지나가는 한국 사람들에게 묻기 시작했다. 몇 사람에게 물었으나 주소도 보여 주기도 전에 모른다는 손짓부터 했다. 더 이상 안 되겠다 싶어 손을 흔들며 가려 하는 젊은 사람의 앞을 가로막았다.

"Excuse me…."

"No. no English…."

그가 기겁을 하며 달아났다. 나중에야 그들이 서둘러 자리를 피한 이유가 친절하지 않아서가 아닌 서툰 영어 때문이라는 걸 알았다. 여차하면 그냥 공항의자에서 하룻밤 지새울 각오를 하면서도 당황한 모습은 감출 수가 없었다. 그때 훼베스 앞에 한 남자가 와 우뚝 섰다. 지나가는 사람을 막아설 때와는 달리 갑자기 나타난 그 남자에게는 멈칫했다. 쳐다본 그의 표정이 온화해서 다행이었다. 멀리서 훼베스를 한참이나 지켜봤는데 어떤 일인지는 모르나 도움이 필요한 것 같아 왔다고 했다. 훼베스는 그 한국 남자에게 자초지종을 설명할 수밖에 없었다. 그리고는 꼭 도와주어야 한다고 통사정까지 했다. 이야기를 듣고 난 남자는 별일 아니라는 듯 쾌히 승낙했다. 남자를 따라 주차장으로 이동했고 그 남자의 차에 올랐다. 피곤이 온몸을 엄습했다. 훼베스가 알려 준 주소를 읽던 남자가 빙긋 웃었다. 남자의 사무실이 라니가 살고 있는 곳에서 그리 멀지 않다는 것이었다.

"Don't worry. Don't worry about anything!"

영어가 제법 유창한 남자의 이름은 상하라고 했다. 믿어도 될 것 같은 남자이기도 했지만 믿을 수밖에 없는 처지였다. 긴장이 무너지면서 차 안에서 살큼 졸았다.

훼베스가 도착한 곳은 부천시 소사동의 5층 건물 3층 공장이었다. 라니는 공장에 딸려 있는 작은 방 한 칸을 사용하며 살고 있었고 룹탑Roof top은 많은 필리핀 친구들이 모여 정보를 교

환하는 만남의 장소라고 했다. 라니는 계속 미안해 어쩔 줄 몰라 했다. 핸드폰이 고장이어서 전화를 받을 수 없었을뿐더러 최근 불법 체류자 단속이 심해 혼자 공항으로 나갈 수도 없었다고 했다. 미안하고 염치없는 말이지만 똑똑한 훼베스이고 보면 주소대로 틀림없이 잘 찾아올 거라고 믿고 있었다는 것이었다. 그래도 마음이 놓이는 건 아니어서 지금껏 안절부절못하고 있는 중이라고도 했다. 이미 늦은 저녁밥이지만 굶어서는 되겠냐며 라니가 끓여주는 라면으로 간단한 요기를 마쳤다. 침대는 보이지 않았다. 두꺼운 요를 깔고 자리에 누웠다. 내일 아침 일찍 출근해야 하는 라니임에도 고향이야기에는 신이 났다.

그때였다. 누군가가 노크를 했다. 라니가 문을 열자 어떤 한국 남자가 엉거주춤 들어섰다. 라니는 반갑게 그를 안으로 맞아들였다.

"My boy friend! Mr Park."

라니가 남자를 소개했고 남자는 빙긋이 웃었다. 남자는 영어를 할 줄 모르는 것 같았지만 라니의 어눌한 한국말은 잘 알아듣는 것 같았다. 남자는 자고 가겠다는 것이었고 라니는 오늘은 친구가 있으니까 그냥 돌아가라는 것 같았다. 결국 라니는 남자를 돌려보내지 못했다. 훼베스에게 양해를 구했지만 신세를 져야 하는 훼베스로서는 할 말이 없었다. 라니가 가운데 눕고 형광등 불을 껐다. 훼베스는 구석자리에서 벽을 향해 누운 채 잠을 청했지만 도무지 잠이 오지 않았다. 잠이 올 리가 없었다. 생소한 환경보다도 라니의 남자 친구와 함께 잔다는 것에 더 신경이 거슬렸다. 시간이 흐를수록 눈망울이 더욱 똘망거렸다. 등 뒤에서 라니와 그 남자가 실랑이를 벌이고 있었다. 훼베스는 가늘게 코를 골았다. 잠이 들어 있어야 할 것 같아서였다. 라니가 저항을 포기했고 남자가 라니의 팬티를 조심스레 내리는 낌새가 느껴졌다. 처음에는 조심스러워하던 남자가 점점 대담해지더니 훼베스의 존재는 의식하지도 않는 것 같았다. 훼베스는 귀를 막았다. 그리고 계속 코를 골았다.

미스터 박은 라니가 다니는 공장의 생산과장이라고 했다. 유부남이면서도 라니에게 약간의 편의를 봐주는 대가로 라니의 집을 드나든다는 것이었다. 잠깐 들렀다 가는 날이 대부분이지만 자고 가는 날은 야근을 핑계 댄다고 했다. 일을 마쳤는지 남자가 라니의 반대편으로 쿵 떨어지는 소리까지 들렸다. 그리고 이내 남자가 코를 골았고 라니마저 잠들어 쌔근대는 숨소리가 들렸다.

훼베스는 좀처럼 잠을 이루지 못했다. 어슴푸레 남편의 얼굴이 떠오르며 기억이 새로웠다. 금방 데려갈 거라며 귀국한 남편은 두어 달도 지나지 않아 소식이 끊겼다. 비싼 요금의 국제전화를 걸어 몇 번인가 통화를 시도했지만 남편은 부모님 병환이 너무 중한 때문이라며 소식 전할 때까지 기다리라고 했다. 믿어지지 않았지만 기다릴 수밖에 없었다.

그러던 어느 날, 남편이 돈을 보내왔다. 생활비려니 했는데 편지에는 청천벽력 같은 이야기가 쓰여 있었다. 부모님 때문에 옴

짝달싹할 수 없으니 좋은 사람 있으면 새 출발해도 좋다는 것이었다. 인연이 여기까지인 것 같다며 원망해도 좋으니 혼자 살아갈 길을 찾아보라고 했다. 하늘이 무너져 내리는 것 같았다. 며칠 동안 자리에 누워 일어나지 못했다. 겨우 걸음걸이를 시작한 안드레아가 없었다면 아마 그때 모진 마음까지 먹었을지도 몰랐다.

잠을 이루지 못하는 중이라서 꿈이라고 생각되지는 않았다. 꿈이 아니라는 확실한 분간도 가지 않았다. 라니가 세 들어 있는 집으로 남편이 찾아왔다. 라니네 방이었고 찾아온 남편이 히죽히죽 웃으며 방으로 성큼 들어왔다. 아무런 말이 없었다. 뻘쭘하게 앉아 있는 훼베스의 등 뒤로 돌아가더니 등 뒤에서 훼베스를 꾹 껴안았다. 그리고 훼베스의 가슴을 양손으로 굼실굼실 더듬었다. 훼베스가 반항을 했다. 남편의 손을 잡아 세차게 뿌리쳤다. 그리고 벌떡 일어났다. 꿈이 아니려니 했는데 꿈이었다. 분명 누군가가 훼베스의 가슴을 만지고 있었다는 느낌이 들었다. 반사적으로 살펴 본 입고 자던 윗도리 앞가슴 단추가 두 개나 풀어져 있었다. 어둠이 눈에 익으면서 훼베스는 또 한 번 소스라치게 놀랐다. 라니가 있어야 할 훼베스 바로 옆에 미스터 박이 자고 있었다. 벌떡 일어나 방구석으로 자리를 옮겨 앉았다. 미스터 박의 코 고는 소리가 더욱 요란하게 들렸다.

라니와 미스터 박이 출근을 하고 난 후 훼베스는 하루 종일 잠을 잤다. 자다가 화장실을 다녀와 누우면 또 잠이 왔다. 온종일 잠에 취해 정신이 몽롱해지도록 잤다. 라니가 퇴근해 돌아와서야 겨우 자리에서 일어났다. 라니에게 전화를 빌려 남편에게 전화를 걸었다. 전화에서는 분명 어떤 소리가 들리는데 알아들을 수가 없었다. 라니에게 부탁해 들어 보라고 했지만 한국에 꽤 오래 살고 있는 라니도 무슨 말인지를 모른다고 했다. 도와줄 일 있으면 언제라도 괜찮다며 명함을 내밀던 공항에서 데려다준 남자가 떠올랐다. 이번에는 상하라는 그 남자에게 전화를 했다.

"여보세요…, 여보세요?"

"… Hello?"

"Oh… Are you Febes?"

전화를 받은 남자가 만나서 이야기해야 할 내용 같다며 10여 분 만에 라니의 집 앞에 나타났다. 라니의 집에서 그리 멀지 않은 곳에 산다고는 했지만 이리도 가까운 거리라고는 미처 몰랐다. 전화를 걸어 주던 상하의 표정이 덤덤해졌다. 없는 전화번호라는 멘트라고 했다. 더 이상의 용건이 없다면 돌아가겠다는 상하를 라니의 방으로 끌고 들어갔다. 냉장고를 뒤졌으나 변변한 음료를 찾지 못해 그냥 콜라 한잔으로 고마움을 표시했다. 훼베스는 결혼증명서를 보여 주었고 상하는 남편의 옛 주소를 메모했다. 빠른 시일 내에 소재지를 파악해 알려 주겠다고 하며 상하는 돌아갔다. 그날 밤 라니의 보이프렌드인 미스터 박은 나타나지 않았다.

상하가 다시 훼베스를 찾아온 날은 토요일 오후였다. 공교롭게도 며칠을 거른 라니네 공장의 박 과장이 이미 와 있는 중이었다. 박 과장은 주인처럼 행세했다. 훼베스를 흘끔흘끔 쳐다보면서도 훼베스의 존재는 무시했다. 훼베스를 옆에 두고도 라니를 껴안았다. 라니가 훼베스를 가리키며 뭐라고 하는데도 대수롭지 않다는 표정이었다. 박 과장의 어깨 너머로 마주친 라니의 얼굴이 일그러져 있었다. 씁쓸한 미소가 라니의 입가를 스쳐 지났다. 어쩔 수 없다는 의미 같기도 했다. 훼베스는 방문을 닫고 주방으로 나왔다. 공연히 주방에서 어물거리며 시간을 보내던 중이었는데 상하가 찾아온 것이었다. 인기척이 궁금했던지 방문이 열리고 박 과장이 얼굴을 빼꼼 내밀었다.

"뭐야…? 벌써 놈팽이가 생겼어?"

상하가 인사를 하려는데 박과장이 다시 방문을 꽝 닫았다. 훼베스는 머쓱해하는 상하를 이끌고 밖으로 나왔다. 일단 걸으면서 이야기하기로 했다. 수소문 끝에 남편의 새 주소지를 알아냈다고 했다. 여기서 그리 멀지 않은 가까운 지방도시라고 했다. 전화번호는 아직 알아내지 못했지만 조만간 알아봐 주겠다고 했다. 훼베스가 앞장을 서 걸었다. 계단을 따라 5층 건물의 꼭대기인 룸탑으로 올라갔다. 필리핀 친구들이 시간 날 때마다 모이는 장소라며 라니가 벌써 두 번이나 훼베스를 데리고 간 곳이었다. 룸탑은 인적이 없었고 훼베스는 코너에 있는 평상에 자리를 잡았다. 상하가 한국의 이모저모를 이야기해 주는 걸로 시간을 보냈다.

남편이 한국인인 분에게 한국이야기를 한다는 것이 웃기는 것이라면서도 상하는 한국문화에 관해 열을 올리며 설명했다. 남편과 훼베스에 관한 이야기를 넌지시 묻다가도 프라이버시를 침범할지도 모를 이야기로 번지게 되면 슬그머니 스쳐 지났다.

상하 자신은 필리핀에서 수산물을 조금씩 수입하는 오퍼상이라고 했다. 번듯한 회사가 있는 것은 아니고 그냥 필리핀 현지에서 물건을 사다가 한국 수입상에게 공급하는 소상인에 불과하다고 했다. 그래서인지 필리핀 사람들을 보면 반갑고 어려운 사정이 있으면 발 벗고 도와주고 싶다고 했다. 시간이 꽤나 흐른 뒤에야 자리에서 일어났다. 라니네 집 앞까지 훼베스를 바래다준 상하는 전화번호를 알아내는 대로 다시 들르겠다며 돌아갔다. 훼베스는 박 과장의 신발이 있는지부터 살폈다. 다행히 박 과장의 신발은 보이지 않았다. 방문을 조심스레 열었다. 라니는 옷을 입은 채 잠에 곯아떨어져 정신이 없었다. 방 안으로 들어서는 훼베스의 인기척에도 깨어나지 않았다. 스커트 아래로 드러난 허벅지가 형광등 불빛에 반사돼 번들거렸다. 발치 끝에는 조금 전에 벗겨 던진 것 같은 라니의 빨간 팬티가 구겨져 너부러져 있었다.

다음 날은 일요일이었고 라니는 일요일이면 으레 늦잠을 잤다. 박 과장이 다녀간 일요일 아침은 더 피곤해했다. 열 시가 조금 넘어서자 라니의 핸드폰이 요란하게 울었다. 훼베스를 찾는 상하의 전화였다. 전화를 바꾸자 들뜬 상하의 목소리가 훼베스의 귓전을 때렸다. 남편의 전화번호를 알아냈다는 것이었다. 남편이 살고 있는 아파트 관리사무소에 전화를 걸어 외국에 있다가 잠깐 귀국한 친구라고 했더니 알려 주더라는 것이었다. 전화번호는 곧 찾아가서 알려 준다 해서 휘베스는 서둘러 자리에서 일어났다. 상하가 온다는 말에 라니도 부스스 자리에서 일어나더니 슬금슬금 어젯밤 벗겨 던져진 팬티를 찾아 입었다.

대충 방 정리까지 마치고 나자 상하가 나타났다. 상하는 들고 온 작은 쇼핑백에서 새 핸드폰 하나를 꺼냈다. 휘베스에게 남편과 통화할 때 쓰라고 사 주는 작은 선물이라고 했다. 어차피 한국에서 생활할 거면 전화는 꼭 있어야 할 필수품이라는 것이었다. 오래된 기종의 공짜 폰이니까 고마워할 필요는 없다고 했다. 사용하면서 요금만 꼬박꼬박 내면 된다고 했지만 가슴이 찡하도록 고마웠다.

라니가 커피를 준비하는 동안 휘베스는 상하가 사준 전화기를 들고 슬그머니 밖으로 나왔다. 그리고 상하가 알려 준 남편의 전화번호를 꾹꾹 눌렀다.

"여보세요…!"

남편이었다. 늦잠을 자고 있었던지 아직도 잠이 덜 깬 목소리였다.

"This is me. febes!"

"…뭐? 뭐라고…?"

화들짝 놀라는 모양이었다.

"전화는 왜 해? 전화하지 말라고 했잖아?"

"I'm in Korea."

"뭐야? 뭐라고…?"

훼베스가 말을 마치기 무섭게 전화가 딸깍 끊어졌다. 몹시 놀라는 남편의 표정이 목소리에서도 느껴졌다. 잠시 후 다시 남편으로부터 전화가 걸려 왔다. 남편은 역정부터 냈다. 당신의 딸 안드레아의 안부를 전하며 남편의 마음을 상하지 않게 하려 했으나 막무가내였다. 왜 왔느냐고 다그쳐 물으며 고함까지 질러댔다. 훼베스도 은근히 마음이 상해서 맞고함을 질렀다. 당신 찾아 당신네 집에 눌러앉아 살려 왔다고 바락바락 했다. 남편이 어디 알아서 마음대로 해 보라며 고함을 치는 것으로 전화는 끊겼다. 예상하지 못한 바는 아니었지만 기대 이상으로 실망이 커서 가슴이 너무 아팠다. 눈물이 주룩 흘렀다.

'정말 보고 싶었던 남편인데….'

이제 어떻게 해야 할지 눈앞이 캄캄해 왔다. 남편을 만나 봐야 하는데 남편을 만나 보고 난 후 취직을 해도 해야 되는데 남편을 쉽게 만나기는 틀렸다 싶었다.

"뭐하니? 커피 다 식겠다."

눈물 흔적을 지우고 있는데 안에서 라니의 고함소리가 들렸다. 커피를 마시던 상하가 잘되어 가느냐고 물어서 조만간 남편이 찾아오기로 했다고 대답했다.

하릴없이 라니네 집에 얹혀서 또 며칠을 보냈다. 혹시나 하며 남편의 전화를 기다렸으나 허사였다. 다시 한번 남편에게 전화를 걸었다. 남편은 역정을 내면서도 훼베스의 거처를 물었다. 라니가 알려 준 주소를 더듬더듬 또박또박 읽어 주었다. 그러자 남편은 팩스번호를 불러 주며 여권사본을 보내라고 했다. '여권사본은 또 뭐야'라면서도 좋은 일일 것 같아 기분이 나쁘지 않았다. 남편에게 여권사본을 보낸 그날부터 훼베스는 남편이 오기를 기다리기 시작했다. 하지만 남편은 쉽게 나타나지 않았다. 기다리다 못해 또 전화를 걸었지만 그날 이후 남편의 전화는 꺼져 있었다. 부모님의 병간호 때문이라는 이유가 믿어지지 않았다.

'그럼 여권사본은 왜 보내 달라는 거야?'

어쨌거나 조금만 더 기다려 보기로 했다. 며칠이 지나 다시 남편에게 전화를 걸었지만 남편의 전화는 여전히 꺼져 있었다. 연락할 길이 막막했다. 마냥 기다릴 수만도 없는 것이어서 취직부터 해야겠다는 생각이 들었다. 애초부터 한국에는 돈 벌기 위해 가는 것이 목적이었다. 남편과 연락이 닿아 부모님 병간호하며 함께 살게 되면 더 이상 좋은 일이 없겠지만 이미 남편은 절교를 선언한 지 오래였다. 옛정을 생각해서라도 한국에 정착하는데 작은 도움이라도 주었으면 하는 바람은 혼자만의 희망사항이기도 했다. 더 이상 남편에게 미련을 갖고 있어서는 안 되겠다는 생각이 뇌리를 스쳐 지났다. 취직부터 하기로 했다. 한국에 들어오기 위해 브로커에게 준 꽤 많은 빚을 갚아야 하기도 하지만 당장 안드레아와 어머니가 살아가야 할 최저생활비라도 보내야 하기 때문이었다. 라니에게 취직자리를 부탁했더니 박 과장에게 물어보겠다고 했다. 이야기를 꺼낸 지 이틀 만에 박 과장의 배려로 훼베스는 박 과장이 근무하는 회사에 취직이 됐다. 봉제 공장이었고 완성반이라며 실밥을 따는 아주 초보자들만 모여 있는 반으로 배정됐다. 라니는 이미 숙련 미싱공이어서 회사 내에서도 일 때문에 무시당하는 위치는 아닌 것 같았다. 더구나 박 과장의 숨겨 논 여자라는 회사가 다 아는 비밀 때문에도 회사 내 라니의 입지는 단단했다. 훼베스는 한국말도 배우고 한국친구도 사귀며 조금씩 한국생활에 적응해 가기 시작했다. 여전히 남편의 소식이 궁금했지만 바쁜 생활이 조금씩 남편을 잊게 해 주기도 했다. 한 달이 지나면서 처음으로 월급도 받았다. 상하가 사 준 핸드폰 요금도 낼 수 있어 다행이었다. 가끔 안부전화를 하던 상하는 그때마다 남편의 소식을 물었고 아직까지 남편이 나타나지 않았다는 이야기를 듣고부터는 뭔가 이상하다는 느낌이 들었는지 더 이상 남편의 이야기는 물어보지 않았다.

남편에게서는 여전히 연락이 없었다. 새 마누라하고 깨가 쏟아지게 사는 때문일 거라는 생각이 들 때는 공연히 화가 머리끝까지 치밀었다. 틈나는 대로 남편에게 전화를 했다. 최소한 한 번쯤은 찾아와 줄 것도 같은데 전화마저 꺼 놓고 안 만나려 한다는 데서 화가 더 치밀어 올랐다. 어쩌다 통화가 이루어질 때도 있었다. 그때마다 찾아가 쑥대밭을 만들 거라고 으름장을 놓기는 했다. 토요일 오후, 답답한 마음에 또 한 번 남편에게 전화를 했다가 의외의 대답을 들었다. 그렇지 않아도 일요일인 내일 아침에 데리러 갈 거니까 짐 싸 놓고 기다리라는 것이었다. 갑작스럽기도 하지만 전혀 상상 밖의 이야기에 훼베스는 가슴이 벌름벌름 뛰었다. 이상하다는 생각이 전혀 없는 것은 아니었지만 남편이 데려간다는 데야 이보다 더 좋은 일이 또 있을까 싶었다. 일단 꺼내 놓았던 짐을 핸드캐리에 다시 챙겨 넣었다. 회사에는 뭐라고 해야 할지를 걱정하다가 라니에게 일임하기로 했다. 남편 찾아 남편 집으로 들어간다는 데야 누가 뭐랄까. 라니도 늦게나마 남편에게로 돌아갈 수 있게 된 게 다행이라며 자기일인 양 마냥 기뻐해 주었다. 상하에게는 남편의 집에 도착해서 알려 주기로 마음먹었다. 남편을 통해 고마웠다는 이야기를 해 주고 싶어서였다.

일요일 아침 일찍 남편이 왔다. 아직 식사 준비도 못한 이른 아침이었다. 커피라도 한잔하라는 라니에게 승용차를 큰길에다 주차해 두어 불안하다며 서둘러 짐을 옮겨 실었다. 짐이라야 핸드캐리 하나뿐인 것, 서두르는 남편에게 쫓겨 제대로 인사도 하지 못한 채 라니네 집을 떠났다. 도심을 벗어나자 푸른 숲길이 나타났다. 남편의 집이 시골이라더니 이제 시골길로 들어서려는가 싶었다. 입구에 커다란 느티나무가 버티고 서 있는 잔디가 곱게 깔려 있는 집에다 차를 세웠다. 남편의 집인가 싶어 눈이 휘둥그레졌었지만 자세히 보니 식당이었다. 아침을 먹지 못했다며 식사부터 하자는 것이었다. 그리고 한국에 데려가면 맛있는 불고기부터 사 주겠다는 약속을 지키는 것이라며 메뉴는 물어보지도 않았다. 처음 먹어 보는 불고기임에도 입에서 살살 녹았다. 커피까지 한잔하고 다시 차에 올랐다. 식당을 빠져나와 대로로 접어들어서였다. 남편이 정색을 하며 지금부터 하는 이야기 잘 들어야 한다며 입술을 지그시 물었다.

한국에 돌아온 남편은 부모님의 병간호로 다시 필리핀으로 돌아갈 수가 없었다고 했다. 그리고 부모님을 보살피고 있는 동안 갑자기 좋은 여자가 나타났다는 것이었다. 부모님도 좋아하는 여자여서 이내 동거에 들어갔고 곧바로 결혼식도 치렀다고 했다. 필리핀에서 기다리고 있을 훼베스와 안드레아를 생각하면 늘 마음이 편치 않았지만 몸 멀어지면 마음도 멀어진다고 조금씩 조금씩 훼베스를 잊어 갔다고 했다. 그리고 새 아기가 태어나면서 훼베스에게 마지막 이별을 통보했다는 것이었다. 어차피 지금의 이 여자와 함께 살 거라면서 훼베스와 안드레아는 잊어야 한다는 결론이었고 마음 독하게 먹고 잊기로 했다. 어느 날 어떻게 알았는지 지금의 아내가 훼베스와 안드레아의 존재를 물어 오자 솔직히 시인하고 다 지난 과거일 뿐이라고 했다. 훼베스의 존재를 시인한 후 아내는 훼베스의 존재에 대해 예민한 반응을 보이기 시작했다. 결국 아내에게 훼베스와 연락하거나 만나는 일이 생기면 즉시 이혼해도 좋다는 각서를 써야만 했다며 한숨을 푹 내쉬었다.

'그런데 훼베스가 나타났으니….'

남편이 한참을 침묵하다가 다시 입을 열었다.

"훼베스, 돌아가 줘야겠어. 내가 이렇게 용서를 빌께…."

청천벽력이었다. 자동차는 바다가 보이는 다리를 건너고 있었다. 멀리 공항관제탑 같은 건물도 보였다. 남편이 안주머니에서 봉투 하나를 꺼냈다.

"이건 몇 푼 안 되는 작은 돈이야. 돌아가면 한국으로 오기위해진 빚부터 갚아. 그리고 형편이 되는대로 다시 더 송금해 줄게."

자동차가 공항 주차장으로 들어섰다. 남편의 집으로 가는 중이라고 흥분해 있던 훼베스는 당황하기 시작했다.

"Oh! No. No!"

"……"

"I don't want to go back."

훼베스가 소스라치게 놀라며 절규했다. 그리고 밖으로 뛰쳐나가려고 자동차 도어를 열었다. 그런데 잠겨 있는 도어는 열리지 않았다.

"No, No, No…!"

마구 발버둥을 쳤다. 그리고 눈물을 펑펑 쏟으며 목 놓아 울었다. 한동안 잠자코 있던 남편이 훼베스의 몸부림이 잦아들자 다시 입을 열었다.

"불법체류자로 신고할 수밖에…."

"……"

"이해해 줄 수 있겠지? 어차피 가야 해. 니가 여기 있으면 내가 지금의 아내하고 못 살아."

공항 출입국사무소에 신고하겠다며 남편이 핸드폰을 꺼냈다. 겁 주기 위한 정도가 아닌 것 같았다. 깜짝 놀란 훼베스가 남편의 핸드폰을 덥석 잡았다.

"내가 잘못했어요. 당신에게 조금도 피해 주지 않을게요. 나 혼자 알아서 살아갈게. 절대 당신 근처에 어른대지 않을 테니까, 나 그냥 여기 내버려 줘요."

훼베스는 울부짖으며 애원했다. 하지만 남편의 반응은 싸늘했다.

"선택해. 그냥 돌아갈 건지. 불법체류자로 체포돼 돌아갈 건지…."

눈앞이 캄캄했지만 훼베스는 재빠르게 머리를 굴렸다. 어떻게든지 남편에게서 탈출하는 게 최선일 것 같았다.

"이 봉투 속 돈 얼마야? 그동안 빚진 거 다 갚을 수 있겠어?"

"모자라면 또 보내 줄게. 솔직히 말하면 계속 보내 주기는 힘들어. 최소한 한국 오기 위한 빚은 갚을 수는 있게 해 줄게."

"알았어. 갈게."

훼베스는 눈물을 훔치고 얼룩진 얼굴을 매만졌다. 남편은 치밀하게 사전준비를 한 모양이었다. 세 시간 후 떠나는 비행기 표도 이미 준비해 갖고 있었다. 불현듯 미리 보내 달라던 훼베스의 여권사본은 비행기 표를 예약하는 데 사용했다는 생각이 들었다.

3층의 출국장으로 이동했다. 짐 정리를 다시 해야겠다며 훼베스는 화장실을 찾았다. 당장 꼭 필요한 물건을 골라서 기내용 작은 가방으로 옮겼다. 핸드캐리에는 당장 필요하지 않은 물건만으로 채웠다. 남편으로부터 탈출할 기회가 생기면 거추장스러운 핸드캐리는 포기할 작정이었다. 화장실 밖에는 훼베스의 여권을 건네받은 남편이 화장실을 흘끔흘끔 살펴보며 훼베스를 기다리고 있었다.

훼베스가 다가가자 남편이 앞장서서 출국수속을 했다. 핸드캐리가 벨트라인을 타고 사라졌다. 핸드캐리 속 짐들을 생각해 봤다. 필요 없는 건 아니지만 꼭 있어야 할 것도 아니다 싶었다. 작은 기내용 가방만 달랑 들었다. 남편은 자꾸 서둘렀고 훼베스도 조금이라도 빨리 남편 곁을 떠나야겠다 싶었다. 게이트 앞에서 남편이 작별인사를 했다.

"전화 같은 거 하지 마. 내가 알아서 한 번쯤 더 송금해 줄 거야. 좋은 사람 만나면 새 출발해. 나 같은 나쁜 놈 만나지 말고…."

남편이 손을 잡았다. 그리고 팔을 둘러서 훼베스를 안았다. 마지막 연민일까 한참이나 훼베스를 꼭 안아 주었다. 훼베스도 찔끔 눈물이 흘렀다. 그리고는 뒤도 돌아보지 않고 출국 게이트를 빠져나갔다. 출국 심사대를 통과하자마자 훼베스는 빠른 걸음으로 내달렸다. 들어온 게이트에서 꽤나 떨어진 먼 거리의 게이트에서 되돌아 출국장을 빠져나왔다. 잊어버린 물건이 있어 금방 돌아올 거라고 하자 빨리 돌아오라며 내보내 주었다. 혹 남편이 지켜보고 있을지도 모른다 싶어 재빨리 여자화장실로 숨어들었다. 남편의 손에서 풀려났다는 안도감은 잠깐이었다. 이제 어떻게 해야 할 것인지가 걱정이었다. 눈앞이 캄캄해 왔다. 옷이라고는 입고 있는 이 옷 단 한 벌밖에 없다. 나머지는 모두 보내 버린 큰 핸드캐리에 넣어져 있었다. 일단 휘베스가 탈 비행기가 떠날 때까지의 시간을 보내기로 했다. 용의주도한 남편이 공항에 남아 휘베스의 완전출국을 확인할 것 같다는 생각이 들어서였다. 화장실 변기뚜껑을 닫고 걸터앉았다.

'어떻게 한다?'

'다시는 남편에게 발각돼서는 안 되는데….'

기내용 가방에서 화장품을 꺼내 가볍게 얼굴을 다듬었다. 애당초 남편에게 기대도 안했지만 섣불리 남편을 몰아붙인 게 실수라면 실수였다. 새 마누라 얻어 깨가 쏟아지게 살고 있는 뻔한 사실을 인정하고 싶지 않았던 것도 큰 실수였다. 남편하고의 일이 잘 풀리지 않으면 눌러앉아 돈을 벌어야 하는데 이도저도 못하고 큰 빚만 지는 꼴이 될 뻔한 것이었다. 괜히 끓어오르는 심술을 참지 못해 심통을 부리다가 이 꼴이 됐다 싶어 후회막심이었다. 소득이 있었다면 남편이 준 쏠쏠한 돈 봉투 하나뿐이었다. 어차피 남편하고 살지 못할 바에야 돈이라도 챙겨야 하는 건데 안드레아의 교육을 위해서라도 더 큰 돈을 요구하는 협상이나 할 걸 그랬다 싶기도 했다. 마음을 가라앉히면서 핸드백에서 전화기를 꺼내 들었다. 우선 라니에게 자초지종을 이야기해야 할 것 같았다. 전화번호를 누르려다가 갑자기 생각을 바꾸었다. 라니에게서도 멀리 떨어져야겠다 싶었다. 의심이 많고 용의주도한 성격의 남편이고 보면 불시에 라니의 집을 찾아와 확인할 수도 있다는 생각이 들어서였다.

'그럼…? 그러면…?'

'어디로 간다…?'

머리에서 자꾸만 맴도는 상하를 지우고 다른 방법을 생각해 내려 했으나 결론이 나지 않았다. 이제 겨우 한 달여 동안의 짧은 한국생활이었다. 아무리 머리를 쥐어짜도 지금의 훼베스를 도와줄 사람을 찾기에는 선택의 여지가 없었다. 자꾸 상하만 머리에서 맴돌았다. 만일 상하를 다시 보게 되면 부끄러운 남편과의 문제를 어떻게 설명해야 할지가 난감했다. 물에 빠져 지푸라기라도 잡는 심정으로 천천히 전화다이얼을 꾹꾹 눌렀다. 상하 전화번호였다. 다행히 필리핀 거래처 손님을 배웅하고 공항 근처에 있었다면서 이내 상하가 나타났다. 상하를 보자마자 눈물이 핑 돌았다.

'잘 알지도 못하는 이 남자가 반가워 울컥 눈물이 솟구치다니….'

허겁지겁 상하를 이끌고 주차장 쪽으로 향했다. 차에 오르고 문을 잠근 후에야 훼베스는 입을 열었다. 상황이 상황이니만큼 결국 모든 사실을 털어놓을 수밖에 없었다. 시내를 향해 달리는 차 안에서 부끄러운 줄도 모르고 훌쩍훌쩍 울었다. 혹 남편이 확인차 들를지도 몰라 라니에게로 돌아가기는 싫다고 했다. 마지막에는 죽어가는 사람 하나 살려 주는 셈치고 어떻게 좀 도와 달라고 애걸을 했다. 부탁할 사람이라고는 이 남자밖에 없고 보니 설령 이 남자가 당장 겁탈하려 달려든다 해도 엉덩이를 들어 줄 수밖에 없는 형편이었다. 상하는 담담히 듣기만 했다. 차가 도착한 곳은 한적한 작은 산 아래 위치해 있는 상하의 아파트였다. 라니 동네에 있는 상하의 오피스텔은 거래처가 가깝게 밀집해 있다는 이유로 사용하고 있는 상하의 또 다른 거처 겸 사무실이라고 했다.

깔끔하게 정리돼 있는 거실로 들어섰다. 현관의 신발부터 눈여겨 살폈는데 여자 신발은 눈에 띄지 않았다. 상하가 커피를 내왔다. 또 다른 신발을 찾아 살피던 훼베스의 눈치를 알아챈 상하가 훼베스를 향해 빙긋 웃었다. 결혼을 하긴 했는데 사정이 있어 혼자 기거하는 중이니 취직할 때까지는 걱정 말고 여기 머물러도 좋다는 것이었다. 직장도 빨리 알아봐 주겠다고 했다. 결혼한 아내와 헤어져 사는 이유가 제일 궁금했지만 상하가 이야기해 주는 것 이상으로 물어볼 수는 없었다.

주방의 냉장고를 열어 보여 주며 배가 고프면 여기 있는 재료 골라 마음대로 해 먹어도 좋다고 했다. 아무 걱정하지 말고 마음 놓고 푹 쉬라며 상하는 아직 할 일이 남았다는 사무실로 돌아갔다. 훼베스는 우선 샤워부터 했다. 가리어진 욕실 앞에 누가 지켜보고 있어도 전혀 신경 쓰지 않고 샤워하는 필리핀에서의 습관은 상하네 집 샤워실이라 해서 부담갈 일이 없었다. 식빵이 보여 냉장고의 잼을 꺼내 한 조각 먹어 봤다. 안 되는 줄 알면서도 표시 나지 않게 상하의 옷장을 열어 보기도 했다. 여자가 산다는 흔적은 어디에도 없었다. 해가 기울 무렵 상하가 돌아왔다. 내일은 시장을 봐서 제대로 된 식사준비를 할 거라며 오늘 저녁은 그냥 식당에서 배달해 먹자고 했다. 익숙하지 못한 남자하고의 시간이 무척 서먹했다. 식사가 도착했고 저녁을 먹은 뒤에는 훼베스가 필리핀 가족에 관해 이야기를 했다. 상하는 듣기만 했고 혹 훼베스가 불편해하지 않는지에만 잔뜩 신경을 쓰는 눈치였다. 하품을 하던 상하가 일어섰다. 사무실에 깜박 잊고 온 것이 있다며 내일 아침까지 완성해 메일로 보내야 하는 중요한 일이라고 했다. 곧 돌아오겠지만 먼저 자라고 했다. 당분간 거처해야 할 방이라며 정해 준 작은방 침대에 이부자리도 펴 주었다. 훼베스는 상하가 시키는 대로만 했다.

상하가 떠나고 작은방으로 와 침대에 누웠다. 눈을 멀뚱멀뚱하게 뜨고 누웠는데 상하에게서 전화가 왔다. 일이 너무 많이 밀려 사무실에서 자고 갈 거니까 모든 불 끄고 혼자 자라는 것이었다. 어차피 주거용을 겸한 사무실이니 불편할 것도 없다고 했다. 긴장이 풀리면서 깜빡 잠이 들었다. 잠결에 어렴풋이 초인종 소리가 들렸다. 깜박 잠에서 깬 훼베스가 귀를 바짝 기울였다. 또 한 번 초인종이 요란하게 울렸다. 훼베스는 까치발을 하고 현관으로 나갔다. 누구냐고 물어볼 수가 없었다. 어쩌면 상하의 아내가 갑자기 나타났을지도 모른다는 생각이 들자 머리가 하늘로 쭈뼛 솟았다. 이번에는 상하의 아내에게 머리채를 이끌려 공항으로 가는 건 아닌가 싶어 가슴마저 덜덜 떨렸다. 초인종 소리가 한 번 더 길게 울렸다. 그래도 훼베스는 쥐 죽은 듯 서 있기만 했다. 그리고 뚜벅뚜벅 현관 앞에서 멀어져 가는 발자국 소리가 들렸다. 휴우! 한숨을 돌리며 작은방으로 돌아 온 훼베스는 완전 소등을 하고 잠자리에 들었다.

겨우겨우 잠이 들었는데 이번에는 벨을 누르는 게 아니고 누군가가 현관문을 따고 들어 왔다. 발자국 소리가 주방에서 멈췄다. 회사에서 잔다더니 상하가 돌아온 모양이라고 생각했다. 살그머니 일어나 알아채지 못하게 발자국소리를 죽여 주방으로 나갔다. 문을 따고 들어온 사람이 상하인지를 확인만이라도 하기 위해서였다. 그런데 뻘쭘하니 서 있는 남자의 뒷모습이 상하가 아니었다. 상하의 방으로 들어가는 남자는 얼굴 전체를 가린 마스크를 하고 있었다. 온몸을 덜덜 떨며 훼베스는 제자리에 서서 꼼짝도 하지 못했다. 꼼짝할 수 없었다. 남자가 상하의 방을 헤집고 다녔다. 상하의 옷장을 뒤지기도 하고 책상서랍을 열어 뒤적거리기도 했다. 마지막에는 상하의 노트북 컴퓨터를 챙겨 들고 나오더니 준비해 온 것으로 보이는 가방에 집어넣었다. 도둑이었다. 아침에 상하가 돌아오면 모든 게 다 훼베스의 소행이라 할 것 같았다.

"Who's it? Who are you?"

용기를 내서 크게 고함을 질렀다. 하지만 목소리는 겨우 들릴 만큼의 속삭임에 불과했다. 아무 소리도 못 들었는지 도둑이 현관 쪽으로 걸어 나갔다. 이제 도망 갈 모양인데 놓치면 안 되겠다 싶어 훼베스는 뛰어가 도둑의 가방을 잡고 늘어졌다. 어디서 생긴 용기인지 훼베스 자신도 모를 일이었다.

"안 돼! 안 돼!"

이번에는 놀란 도둑이 돌아섰다. 훼베스의 안면에 불이 번쩍 날 정도의 주먹이 날아왔다. 그리고 주먹세례가 마구 이어졌다.

"아—악!"

고함을 치며 벌떡 일어났다. 꿈이었다. 훼베스는 침대에서 엉거주춤 일어나 앉았다. 소름이 끼치도록 무서웠다. 그냥 꿈이려니 생각하려 애썼지만 좀체 마음이 가라앉지 않았다. 한국에 도착하면서 유난히 꿈이 많아진 것은 또 무슨 이유일까 싶기도 했다. 마침 창밖으로 보이는 가로등 아래 랜턴을 든 한 남자가 지나가고 있었다. 훼베스는 더 이상의 공포를 감당하기 어려웠다. 상하에게 전화를 걸었다.

10여 분이 채 지나지 않아 상하가 돌아왔다. 현관을 들어서는 그를 보자 긴장으로 움츠러들었던 가슴이 스르르 풀려 내렸다. 누가 초인종을 누르기도 하고 무서운 꿈도 꾸고 도저히 무서워 못 견디겠다고 하자 상하는 아마 경비 아저씨일 거라며 빙그레 웃었다. 혹시 상하의 아내가 찾아오면 또 어찌될 것인지도 불안하다고 이야기를 꺼내자 상하는 껄껄 웃었다.

"훼베스, 그런 일 절대 없어요. 걱정하지 마세요. 절대로…."

훼베스의 걱정을 덜어 주기 위함이라며 상하가 자신의 이야기를 털어놓기 시작했다. 결혼을 했지만 아내는 첫 아들을 낳고 세상을 떠났단다. 아이를 재워 놓고 서둘러 시장을 다녀오다 당한 흔하디흔한 교통사고였다고 했다. 부모님도 모두 돌아가신 고아나 다름없는 상하는 고심고심 끝에 일단은 아기를 보육시설에 맡겼다고 했다. 몇 년 뒤에는 꼭 찾아가겠다는 약속을 하고 지금도 일주일에 한 번씩은 꼭 아기를 만나러 다닌다고 했다. 이제 어린이집에 보낼 수 있을 만큼 커서 조만간 아이를 아주 집으로 데려올 예정이라고도 했다. 훼베스의 걱정이 해소됐으면 해서 한 이야기니까 마음에 담아 두지 말라고 했다.

다시 작은방으로 돌아온 훼베스는 비로소 깊은 잠에 푹 빠졌다. 잠에서 다시 깨어났을 때는 이른 새벽이었다. 희끄무레 새벽이 밝아 오고 있었다. 잠깐 동안의 짧은 잠에서 깨어났음에도 머리는 개운했다. 거실로 나와 물 한 잔을 마셨다. 열려진 안방 문틈으로 깊이 잠들어 있는 상하의 모습이 보였다. 문을 빼꼼히 열었다. 그렇게 봐서일까 상하의 얼굴에 외로움이 가득 배어 보였다. 훼베스는 살금살금 상하에게로 다가갔다. 천천히 잠들어 있는 상하의 침대로 올라가 상하 옆에 살그머니 누웠다. 상하가 화들짝 놀라 눈을 번쩍 떴다.

"나 파출부 시켜 줘요. 필리핀으로 돌아갈 때까지 무급으로…."

　상하가 침대에서 일어나 앉았다. 그리고 멋쩍은 표정의 훼베
스를 놀란 눈으로 바라봤다.

　"바라는 거 없어요. 그냥 밥 먹여 주고 재워 주고 함께 있게만
해 주세요."

　"……."

　"빨래며 밥이며 반찬, 청소까지 다 할게요. 그리고…."

　훼베스가 잠깐 말을 끊었다. 얼굴에는 수심이 가득했다. 상하
는 그런 훼베스가 갑자기 측은해 보이기 시작했다. 아내가 교통
사고로 떠나고 외롭고 힘들었던 너무나 많은 시간들을 견뎌 온
상하였다. 용케도 잘 견뎌 온 그런 자신이 늘 대견스럽다며 스스
로를 위로하던 상하였다. 다시 결혼을 해야겠다는 생각을 안 해
본 것은 아니지만 아들과 함께할 수 있는 사람을 원했다. 아들과
함께해 줄 사람이라면 누구라도 괜찮을 거라고 생각했었는데 갑
자기 훼베스가 그런 사람이라는 느낌이 들었다.

　'그래 산다는 게 별거더냐. 우연도 인연인 것일진대….'

　멋쩍어하는 훼베스를 끌어당겨 안았다.

　'인연이야. 어쩜 죽은 아내가 내게 보내 준 인연일지도 몰라.'

　오늘밤만 입으라고 준 상하의 파자마가 헐렁하게 훼베스의 허
리에 걸쳐 있었다. 상하는 훼베스의 목을 감싸 안았다. 눈을 꼭
감고 있는 용감하기만 할 것 같은 훼베스가 떨고 있었다. 잠깐의
격렬한 키스가 끝나자 헐렁하게 걸치고 있는 훼베스의 파자마를

서서히 끌어내렸다. 그리고 빨간 장미꽃 하나 달랑 그려져 있는 훼베스의 팬티를 벗기는 데는 그리 오랜 시간이 걸리지 않았다.

*****

안드레아는 아주 오랜만에 엄마의 편지를 받았다.

전화는 여러 번 받았으나 편지는 처음이었다. 곧 아빠가 필리핀을 방문해 집에 들를 거라고 했다. 아빠가 안드레아의 새 옷이며 최신형 노트북 컴퓨터도 사 가져갈 거라고 했다. 그동안 형편이 안 좋았던 아빠였는데 하는 일이 너무 잘 풀려 이제는 걱정할 게 아무것도 없다는 것이었다. 제발 좀 보내 달라고 성화를 대던 아빠의 사진도 받았다. 그런데 아빠의 모습이 많이 달라졌다. 볼이 홀쭉하고 갸름했던 얼굴이었는데 볼살이 많이 붙어서인지 약간 둥근 통통한 얼굴이었다. 형편이 좋아지다 보니 살이 쪄 생김새마저 달라진 모양이었다.

안드레아는 새로운 고민거리가 생겼다.

'오랫동안 알려 준 아빠의 얼굴을 이제 막 히로우가 기억하기 시작했는데 얼굴 모습이 이렇게나 달라지다니….'

'지금은 히로우가 아빠사진을 보여 줄 때마다 꼬리를 흔들며 아빠를 알아보는 눈치던데….'

이 정도로 달라진 얼굴이라면 다시 아빠 얼굴을 익혀야 할 것

226

같았다. 아빠의 사진부터 챙겨 든 안드레아가 히로우에게로 다가 갔다.

"히로우! 잘 봐. 아빠가 살이 좀 붙었대. 그래도 알아볼 수 있 겠지?"

이번에 새로 보내 준 엄마와 함께 웃고 있는 아빠사진을 히로 우의 코앞에 들이밀었다. 히로우가 침착하게 냄새를 맡았으나 덤 비지는 않았다. 새로운 아빠 사진을 한참동안 바라보던 히로우가 알고 있다는 듯 꼬리를 살랑살랑 흔들었다.

이재욱 작가는 저서 모두가 서울시내 유수도서관에서 대출베스트에 오른 독자들에게 읽히는 - 독자들이 찾는 소설가다.

별지에 대출베스트에 오른 대표적인 몇 곳 도서관을 소개한다.

이번에 발간하는 연작소설 『아내의 손님』은 외국인 근로자들이 처음으로 우리나라에 들어와 살아가는 여러 가지 힘든 사연들을 연작으로 묶어 낸 소설이다. 작가가 직접 룸탑을 왕래하며 몸소 보고 들은 사랑과 미움의 이야기를 픽션화한 다큐에 가까운 소설이기도 하다.

많은 독자들에게 다가가 공감할 수 있기를 기대한다.

아버지의 가슴앓이

서대문도서관

용산도서관

연탄 두 장의 행복

강서도서관

송파도서관

귀천의 길목

마포평생학습관

남산도서관

그들도 사람이더라!
짙은 휴머니즘 속 기쁨과 슬픔 가득한 그들의 일상!

| 권선복 | 행복에너지 대표이사

　본 서는 돈을 벌기 위해 한국으로 일하러 온 필리핀 불법체류
자들의 애환을 다룬 소설입니다.

　말도 안 통하는 먼 타국으로 와서 고생하는 그들의 사정은 제
각각이지만 저마다 본인들의 입장에서는 중차대한 문제를 가지
고 사투하고 있습니다.

　본 서를 통해 조금 더 자세하고 가까이 그들의 삶을 들여다볼
수 있었습니다. 그리고 그들 역시 우리네들과 별 다를 바 없는
사람이구나 하는 생각에 가슴이 뭉클해졌습니다.

　가장 크게 와닿았던 것은 그들 모두 '꿈'을 가진 사람이라는 것
입니다. '돈을 벌기 위해 온 외국인'이라는 이름 안에는 저마다

사랑과 희망을 지닌 빛나는 무언가가 자리 잡고 있었습니다. 고향에 두고 온 가족을 생각하며 힘들게 살아가는 모습에 찡해집니다. 나와 같이 가족이 있는 한 명의 사람이구나 하는 생각이 듭니다. 사람 냄새가 난다고 해야 할까요.

이러니저러니 해도 사람 사는 모습은 다 똑같습니다. 사랑이 있고, 미움이 있고, 눈물과 기쁨이 있지요. 남들이 보기에는 보잘것없는 삶일지라도, 당사자에게는 하나의 우주인 것이 인생이 아니겠습니까? 그렇기에 우리는 서로 교류하고 끌어안고 살아가는 것인지도 모릅니다. 하나의 우주만으로는 외로우니까요.

본 서를 통해 불법체류자들의 인생을 좀 더 가까이에서 들여다볼 수 있게 되어 기쁘게 생각합니다. 그들이 '불법체류자'가 아니라 '따스한 인간'이라는 사실을 새삼스럽게 느낄 수 있었으니까요. 독자 여러분도 그러한 경험을 하셨으리라 생각합니다. 흥미진진한 소설을 통해 우리네 삶에 대해 다시 한번 숙고하게 되셨길 바랍니다. 앞으로는 그들을 보는 눈이 조금은 달라질 것 같습니다.

약간 쌀쌀한 겨울로 접어드는 가을에 진한 인류애를 통해 따스해지길 바라며… 독자 여러분 모두 행복한 에너지로 충만해지시길 기원 드립니다!